A TRAVESSIA DO RIO

Caryl Phillips

A TRAVESSIA DO RIO

Tradução de
Gabriel Zide Neto

EDITORA RECORD
RIO DE JANEIRO • SÃO PAULO
2011

CIP-BRASIL. CATALOGAÇÃO-NA-FONTE
SINDICATO NACIONAL DOS EDITORES DE LIVROS, RJ

Phillips, Caryl, 1958-
P639t   A travessia do rio / Caryl Phillips; tradução de Gabriel Zide Neto. – Rio de Janeiro: Record, 2011.

Tradução de: Crossing the river
ISBN 978-85-01-09456-8

1. Escravos – Tráfico – Ficção. 2. Ficção histórica. 3. Ficção inglesa. I. Zide Neto, Gabriel, 1968- II. Título.

11-2843   CDD: 823
                                                CDU: 821.111-3

TÍTULO ORIGINAL EM INGLÊS:
Crossing the river

Copyright © 1995 by Caryl Phillips

Editoração eletrônica: Abreu's System

Texto revisado segundo o novo Acordo Ortográfico da Língua Portuguesa.

Todos os direitos reservados. Proibida a reprodução, no todo ou em parte, através de quaisquer meios. Os direitos morais do autor foram assegurados.

Direitos exclusivos de publicação em língua portuguesa para o Brasil adquiridos pela
EDITORA RECORD LTDA.
Rua Argentina, 171 – Rio de Janeiro, RJ – 20921-380 – Tel.: 2585-2000, que se reserva a propriedade literária desta tradução.

Impresso no Brasil

ISBN 978-85-01-09456-8

Seja um leitor preferencial Record.
Cadastre-se e receba informações sobre nossos lançamentos e nossas promoções.

EDITORA AFILIADA

Atendimento e venda direta ao leitor:
mdireto@record.com.br ou (21) 2585-2002.

Para aqueles que cruzaram o rio

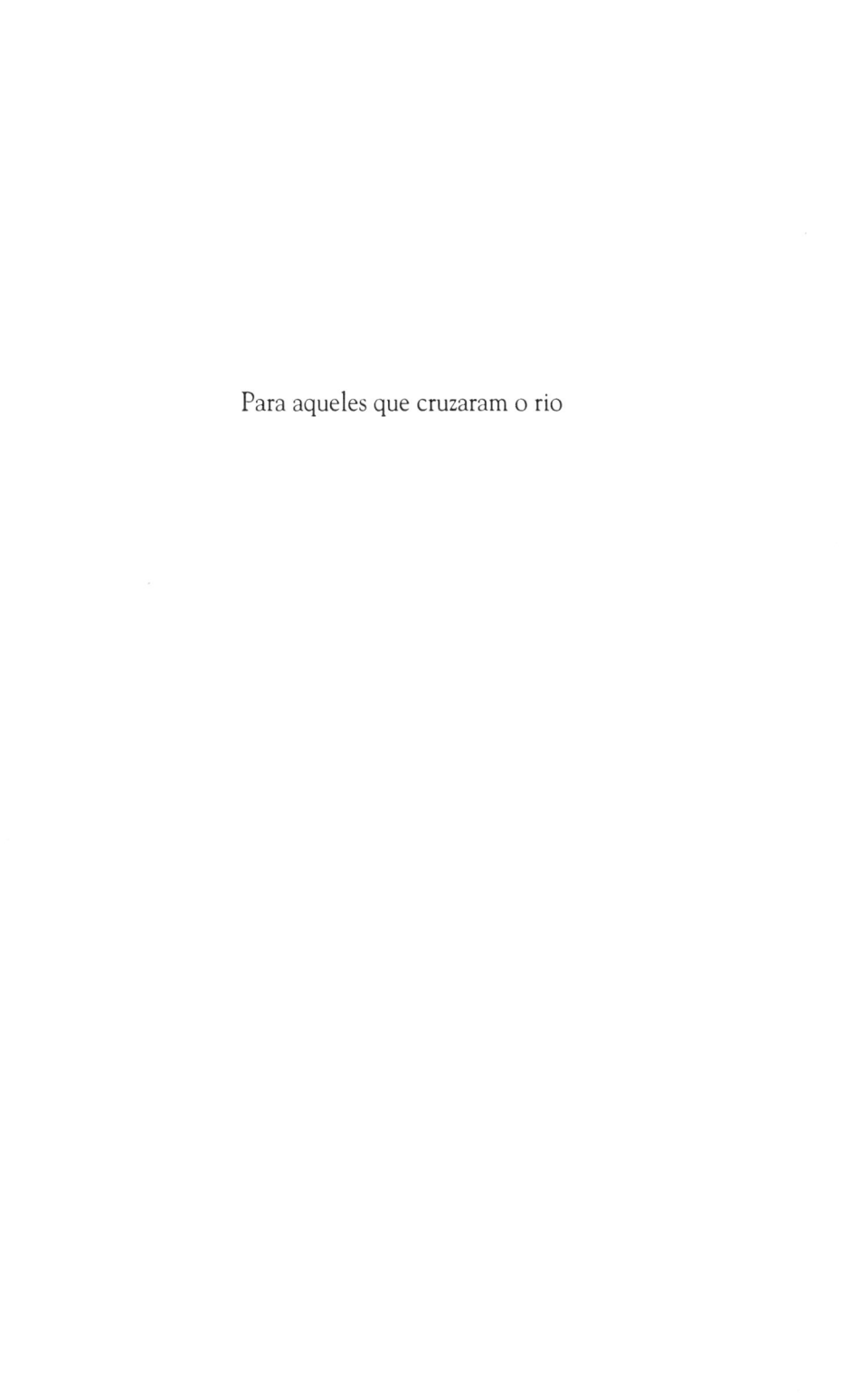

AGRADECIMENTOS

Recorri a muitas fontes na elaboração deste romance, mas gostaria de expressar gratidão especial ao *Journal of a Slave Trader*, livro do século XVIII escrito por John Newton que me forneceu valioso material de pesquisa para a Parte III.

I
A COSTA PAGÃ

II
O OESTE

III
CRUZANDO O RIO

IV
EM ALGUM LUGAR DA INGLATERRA

Uma tolice desesperada. A colheita fracassou. Vendi meus filhos. Me lembro bem. Levei-os (dois meninos e uma menina) por longos caminhos, até chegarmos ao ponto em que os lodaçais são repletos de gaivotas e caranguejos. *Contornei o banco de areia com o escaler e rezei um pouco na capela da feitoria.* Fiquei olhando enquanto eles se abraçavam e olhavam para o forte, onde tremulava no alto uma bandeira estrangeira. *Permaneci junto às paredes caiadas da feitoria, esperando que o escaler retornasse e me levasse para além do banco de areia.* A distância estava o navio ao qual eu logo iria condená-los. O homem e seu ajudante esperavam para contornar o banco de areia novamente. Ficamos olhando por um tempo. E então nos aproximamos. *Um sujeito calado se aproximou.* Apenas três crianças. Eu as despachei nesse ponto, onde o afluente se divide e parte em todas as direções a caminho do mar. *Comprei 2 meninos-homens fortes e uma garota orgulhosa.* Manchei minhas mãos com mercadorias frias, em troca de seus corpos quentes. Um negócio vergonhoso. Podia sentir os olhos deles sobre mim, me perguntando *Por quê?*. Eu me virei e fiz a viagem de volta pelos mesmos longos caminhos. *Acredito que com isso se encerrem os negócios a que se propõe esta viagem.* E, logo depois, o coro de uma memória comum começou a me assombrar.

    Há 250 anos ouço esse coral de muitas vozes. E, ocasionalmente, entre aquele monte de vozes incansáveis, escuto as dos meus filhos. Meu Nash. Minha Martha. Meu Travis. Suas vidas partidas. Deitando raízes de esperança num solo difícil. Há 250 anos tento falar com eles: Crianças, eu sou o pai de vocês. Amo vocês. Mas entendam. Não existem caminhos definidos a se trilhar na água. Não existem sinalizações. Não há retorno. Para um país pisoteado pelas botas imundas dos outros. Para um povo incentivado a entrar em guerra contra si mesmo. Para um pai consumido pelo remorso. Vocês estão além disso. Partidos, como os galhos de uma árvore; mas não perdidos, pois seus corpos carregam as sementes de novas árvores. Deitando raízes de esperança num solo difícil. E eu, que rejeitei vocês, só posso me culpar por meu desespero. Há 250 anos, espero pacientemente que o vento se levante na margem mais distante do rio. Para ouvir o rufo dos tambores do outro lado das águas. Para o som do coral crescer em volume. Só então, se eu ouvir com atenção, é que posso reencontrar meus filhos perdidos. Um momento rápido e de dolorosa comunhão. Uma tolice desesperada. A colheita fracassou. Vendi meus filhos.

I
A Costa Pagã

A notícia chegou após o jantar. Um criado muito bem trajado entrou na sala, curvou-se e exibiu uma bandeja de prata sobre a qual havia um envelope. Edward pegou a carta e dispensou o criado com um elegante gesto de mão. Endireitou-se na cadeira e começou a ler. Era verdade. Nash Williams, enviado à Libéria sob os auspícios da Sociedade de Colonização Americana, depois de passar por um rigoroso programa de formação cristã, e munido da mais absoluta firmeza de caráter, desaparecera deste mundo que conhecemos. Após sete difíceis anos na Libéria, durante os quais trabalhara com uma dedicação incansável para si e para seu Deus, durante os quais ganhara o respeito não só dos africanos locais como dos negros livres dos Estados Unidos e dos poucos brancos que havia naquele lugar inóspito, após sete longos anos esse ex-escravo, verdadeira inspiração para padres e educadores, não podia ser encontrado em lugar algum. Temia-se pelo pior.

Nash Williams era um professor dotado de inúmeros talentos. Era um homem que, num país em que menos de duzentos pagãos haviam sido convertidos em quase vinte anos, poderia ser considerado responsável por pelo menos cinquenta dos casos de êxito cujos relatos eram mandados para os Estados Unidos. A reputação de sua escola missionária era lendária, fato ainda mais memorável considerando-se a localização isolada que ocupava, perto da nascente conhecida do rio Saint Paul. As poucas cartas que ele enviou a seu senhor, apesar de repletas dos tão comuns e infantis pedidos de sementes, ferramentas, dinheiro e outros itens necessários para a vida, ecoavam positivamente o espírito da fé, da coragem e da força de vontade. Então, pouco menos de um ano antes, na mesma época em que um enlutado Edward chorava a perda da esposa, Nash Williams mandara, por um intermediário, uma inesperada mensagem deixando claro que ele não tinha o menor desejo de voltar a ouvir falar de seu antigo senhor e informando que não se comunicaria mais com ele. Um Edward muito preocupado, que achou melhor, naquele momento, não se comunicar diretamente com Nash, deu ordens e dinheiro, enviados por um paquete saído de Nova York, para que Madison Williams, um ex-escravo mais velho e um tanto mais arrogante, partisse imediatamente de sua base em Monróvia e investigasse o paradeiro de Nash e, se possível, seu estado geral de saúde. Em outros tempos, Madison costumava nutrir inimizade para com Nash, por pensar — até certo ponto com razão — que a afeição do senhor por ele havia sido usurpada por aquele jovem intruso. Mas Edward acreditou que os efeitos do tempo, e uma mudança de clima, teriam curado essas velhas feridas e que Madison não ficaria ressentido com a tarefa que ora lhe era confiada. No entanto, a carta que Edward tinha diante de si trazia notícias da expedição de Madison, e ele não só não havia conseguido localizar Nash como havia sido muitas vezes impedido pela intransigência dos nativos, sua vulgaridade crua às vezes resvalando para a agressão. Pelos detalhes narrados na lamentável carta de Madison, ele se considerava um felizardo por ter conseguido escapar sem prejuízo à própria vida.

Não que a Sociedade de Colonização Americana ignorasse os perigos que acompanhavam sua política de tentar repatriar antigos escravos para a costa oeste africana. Afinal, esse era um continente que pertencia aos africanos de origem, e a mais ninguém. Mas eles esperavam que os nativos enxergassem de maneira racional e que a perspectiva de receber de volta os filhos perdidos ajudasse a superar qualquer infeliz estranhamento cultural que os pagãos africanos pudessem experimentar. A Sociedade de Colonização Americana tinha certeza de que os dois lados seriam beneficiados. Os Estados Unidos estariam se livrando de causas de tensões sociais cada vez maiores e a África seria civilizada pela volta de seus descendentes, que a essa altura haviam sido agraciados com mentes cristãs racionais. Assim, no dia 31 de janeiro de 1820 o navio *Elizabeth* partiu de Nova York rumo à costa oeste da África, naquela que seria a primeira viagem da Sociedade. Semanas depois, 86 ex-escravos, metade dos quais mulheres e crianças, desembarcaram de maneira pouco auspiciosa no território britânico de Serra Leoa. Lamentavelmente, uma doença misteriosa — que mais tarde se descobriria tratar-se de malária — logo ceifou a vida de toda essa leva de pioneiros, com exceção de alguns poucos sortudos. Dois anos depois, em 1822, uma segunda e mais bem-sucedida expedição levou colonos até a Costa dos Grãos, na parte ocidental do continente africano que logo passaria a ser chamada de Libéria.

Ser convocado para colonizar a África era considerado, pela maioria dos escravos e de seus senhores, uma recompensa por bons serviços prestados. Um trabalhador talentoso que houvesse se convertido ao cristianismo e tivesse padrões morais elevados era considerado um excelente candidato. Mas os relatórios dos primeiros colonos contavam histórias de enormes sofrimentos. O trabalho inicial de abrir clareiras e construir abrigos e fortificações contra os ataques nativos cobrava um preço alto em vidas humanas. O clima úmido e tenebroso, que entre abril e novembro podia chegar a mais de 5 mil milímetros de chuva, levava muitos colonos à morte prematura. De dezembro a março, os pobres e infelizes recém-chegados, se tivessem conseguido sobreviver às enchentes, tinham de trabalhar sob temperaturas insuportavelmente elevadas e encarar uma umidade completamente sufocante. Mas era a febre africana, ou malária, o que mais afetava a vida dos colonos. Os tremores intensos, que provocavam uma sensação de frio tão avassaladora quanto qualquer inverno norte-americano, e as miragens que apinhavam a imaginação se combinavam para ensejar um profundo desespero. Aquelas infelizes criaturas não estavam mais sendo recebidas no seio de sua antiga pátria, com um céu azul como abóboda e um solo fértil sob seus pés empoeirados; estavam sendo jogadas no mar revolto da febre. E, quando a tormenta amainava, muitos descobriam que haviam sido varridos do mundo dos mortais.

Na segunda década de migração, pouquíssima coisa havia mudado. Os pioneiros continuavam chegando, seus rostos inocentes marcados pelo desejo apaixonado de fazer o trabalho de Deus, mas, lamentavelmente, eles logo se viam incapazes de resistir ao período de aclimatação de 12 meses, e amigos e parentes eram chamados para serem os mensageiros de tristes notícias para os que eles haviam deixado nos Estados Unidos. Um dos que chegaram nessa época, e um dos mais determinados a sobreviver e a se dedicar ao ofício para o qual havia se preparado, era Nash Williams. Nem o clima, nem os confrontos com os nativos, nem a doença ou qualquer tipo de sofrimento o desviaria de seu objetivo. Chegou a seu antigo senhor a notícia de que muitas vezes era preciso dar a Nash ordens expressas e rigorosas de parar de trabalhar na chuva, pelo bem de sua própria saúde. Ao saber disso, Edward Williams teve vontade de pegar a caneta e escrever a primeira de duas cartas ao ex-escravo. Uma parte da primeira missiva continha as seguintes palavras de sabedoria:

> Antes de você sair dos Estados Unidos, eu lhe lembrei dos sacrifícios que Nosso Senhor Jesus Cristo fez por todos nós e pedi que pensasse na situação do cristianismo nesse novo país em que você se estabeleceu. Você foi gentil o bastante não só para pôr minhas palavras em prática, mas também para mandar, em forma de uma carta, informações sobre o estado pagão e iletrado das massas. E por isso eu e minha boa esposa Amelia lhe somos muito gratos. Esse tipo de informação sem dúvi-

da será vital para os escravos que estamos preparando agora, para que um dia eles talvez se juntem a vocês aí na costa pagã. No entanto, estou atemorizado em saber (de uma fonte que você certamente adivinhará qual é) sobre sua insistência contínua em, sem recorrer ao auxílio de outros colegas, tentar executar tarefas que exigiriam o esforço físico e mental de cinco pessoas, fossem nativas ou cristãs. Foram muitos os sacrifícios de Cristo, mas certamente o conhecimento que você tem do Bom Livro lhe terá revelado que foram esforços calculados. Nem Ele poderia fazer tudo num dia. Você tem sorte em haver sido agraciado com uma mente *justa* e um corpo forte e (embora seja eu quem o diga) duplamente afortunado pelo fato de seu antigo senhor ter inclinações progressistas. Não me decepcione, nem a si mesmo, ficando abaixo dos elevados padrões que você já se impôs. Ontem mesmo os meninos se juntaram em volta de Amelia e perguntaram como você estava e rezaram por você. Toda a nossa experiência depende muito do seu sucesso. Sua força de vontade pode ser grande, mas todos nós somos carne e osso. Espero que você entenda que estou falando isso para ajudá-lo em seu progresso. Permita-me sugerir que você estude o Bom Livro para mais orientações.

Infelizmente, essa carta foi descoberta pela mulher de Edward, Amelia, e não foi enviada. Porém, Edward nunca mais receberia informações de que seu ex-escravo Nash tivesse desobedecido a suas instruções, corrido algum risco de vida desnecessário ou feito qualquer coisa que pudesse, mais uma vez, levar Edward a pensar em pegar a caneta e redigir linhas de desaprovação.

Em 1841, após receber a carta de seu ex-escravo Madison e após digerir todo aquele frustrante conteúdo, Edward Williams se ergueu da cadeira na sala e imediatamente se pôs a fazer planos para ir até a Libéria, a fim de saber pessoalmente o que havia acontecido ao virtuoso Nash. O plano era viajar sozinho no primeiro navio que estivesse partindo para a costa, e ele não viu razão para demora. Agora que era viúvo, não teria mais de aturar as palavras duras de reprovação da esposa Amelia, que sem dúvida teria ficado extremamente desconfiada dos motivos por trás da expedição. No começo, e muito para a surpresa de Edward, a ideia do plano não tivera o apoio dos delegados da Sociedade de Colonização Americana. Embora demonstrassem a maior admiração pelo entusiasmo de Edward Williams e simpatizassem com o fervor que ele continuava a demonstrar pela causa dos negros, eles tiveram o maior cuidado em indicar-lhe os muitos perigos aos quais estaria se expondo desnecessariamente. Edward persistiu em suas conversas com eles e, com o tempo, mas apenas depois de muitas altercações, eles decidiram arrefecer sua oposição e lhe oferecer um apoio cauteloso. No começo, haviam insistido em dizer que o misterioso desaparecimento de um único colono era algo que até mesmo esperavam que acontecesse com certa regularidade. Era o perigo inerente de se enviarem homens bons às costas pagãs, nos limites da civilização, e de incentivá-los a transformar o continente africano em seu lar. Mas Edward argumentara que abandonar homens bons como Nash à própria sorte poderia repercutir mal na Sociedade. Lembrou à Sociedade que, por iniciativa própria, ele havia incorrido na enorme despesa de mandar aquele homem cursar faculdade na Virgínia, para que ele estivesse totalmente formado e preparado para a vida de missionário. E, além do mais, ele havia incitado todos os seus ex-escravos, Nash entre eles, a evitar Monróvia e, como sementes levadas pelo vento, aventurar-se pelo interior, na expectativa de que a palavra do Senhor se espalhasse. Somente Nash havia seguido suas palavras. Ele se estabelecera mais ao norte do rio, em terras nativas, levando consigo uma boa esposa cristã da Geórgia, chamada Sally Travis, já falecida. Edward lembrara à Sociedade que Nash e a esposa haviam dirigido uma das escolas missionárias para nativos de maior sucesso. Aliás, Edward fizera questão de lembrar-lhes disso sempre que possível, pois, segundo sua defesa muito bem fundamentada, esse não era apenas o sacrifício de um único missionário, vítima de uma febre não tratada ou de uma expedição mal calculada pelo interior. Edward estava convencido de que o desaparecimento de Nash poderia sinalizar uma derrota humilhante para os ideais da Sociedade como um todo e estava determinado a chegar à Libéria e investigar a questão com os próprios olhos. Finalmente, a Sociedade de Colonização Americana, depois de ouvir tudo isso com a maior paciência, chegou à conclusão de que seria, de fato, mais virtuoso auxiliar Edward Williams em vez de tentar impedi-lo.

Nessa época, era costume os navios partirem da Virgínia ou de Nova York, mas Edward estava determinado a tomar a primeira embarcação disponível, independentemente do porto de partida. Ele abriu à sua frente um mapa de todo o mundo conhecido e observou a deselegante forma da África, que se erguia como uma sombra escura e imóvel entre os seus queridos Estados Unidos e o exótico espetáculo que era a Índia e os países e ilhas do Oriente. Ele não sabia quanto tempo passaria viajando, embora fosse levado a acreditar que 28 dias não era incomum para uma distância dessas. Felizmente, ele já estava munido de algumas informações sobre os rigores que poderia esperar, tanto na jornada como após a chegada, por indicações que encontrava nas cartas de seus ex-escravos que Amelia lhe permitia ver. Eles mencionavam problemas e dificuldades que certamente seriam um fardo para a saúde de um homem com a constituição frágil de Edward, mas ele seria guiado pelo comedimento e pelo bom-senso.

Nascido em 1780, filho de um rico plantador de tabaco, Edward tinha herdado a fazenda do pai aos 29 anos e, com ela, um total de trezentos escravos. Homem abastado, de riqueza incomparável, poderia ter simplesmente se dado por satisfeito e se aposentado precocemente com a maior tranquilidade, mas ele também herdara do pai uma aversão ao mesmo sistema que permitira que sua fortuna se multiplicasse. Edward logo tomou a iniciativa incomum de incentivar que seus escravos se dedicassem às artes, geralmente proibidas, de ler e escrever. Quando, alguns anos depois de ter herdado todos aqueles escravos, ele soube da formação da Sociedade de Colonização Americana, esta pareceu a oportunidade ideal para se livrar do fardo — ou pelo menos de parte do fardo — de ser um proprietário de escravos, título que ia contra sua crença cristã. Sua esposa, que inicialmente não compartilhava de todo aquele estranho fervor filantrópico, acabou passando a tolerar o comportamento e os estranhos desejos do marido. Mas, infelizmente, ela não estava mais entre nós. E agora o principal jogador do time, o mais bem-sucedido dos negros cristãos, estava perdido em algum lugar da tenebrosa costa africana. Edward passava os dias e as noites pensando em Nash. Será que aquele rosto escuro, carregado de fé e bons princípios, havia de alguma forma se modificado naquele clima úmido e bárbaro? Ele não podia acreditar que a África tivesse distorcido a fé de Nash e feito com que ele virasse as costas para Deus. E por que é que agora, depois de tantos anos de paciência, ele havia repentinamente decidido cortar relações com o antigo senhor? Esse estranho enigma, que toda noite mantinha Edward acordado, virando-se de um lado para o outro na cama, ameaçava rasgar sua alma. Ele sabia que tinha poucas opções além de ir à Libéria, não só para descobrir a verdade que cercava o desaparecimento de Nash mas também para ter certeza de que a obra da vida daquele homem e, mais importante, de sua própria vida tinha sido de algum valor.

Na noite de 3 de novembro de 1841, o *Mercury* partiu do porto de Nova York. No convés, Edward Williams se ajoelhou e rezou pela alma de sua querida e falecida Amelia e pelo sucesso da viagem em que ele estava embarcando. Enquanto saía da quietude do rio e entrava no mar, ele se debruçou no corrimão e viu seus queridos Estados Unidos desaparecerem de vista e, após certo tempo, também da linha do horizonte. Infelizmente, um dia após a partida, nuvens negras se formaram nos céus e o navio começou a enfrentar uma terrível tempestade, uma chuva inclemente que desabava de um céu permanentemente escuro. Edward continuou lá embaixo, ouvindo através das tábuas e em meio aos gemidos dos outros passageiros, um grupo de negros da Louisiana que seguia para a costa africana, deitados nas camas em vários estágios de morte. Tinham saído de Nova York havia uma semana e a tempestade ainda não amainara quando o mastro se partiu e desabou. Os marinheiros eram experientes, mas por algum tempo parecia que o navio teria de ser abandonado às ondas e ao vento, pois a tempestade parecia não ter fim. Todos os que estavam em condições foram chamados ao convés para ajudar a consertar o navio à deriva, mas a essa altura Edward já havia contraído a febre e estava totalmente impossibilitado de se mexer. Ele ficou lá embaixo, ouvindo os dolorosos estalos e rangidos da madeira, enquanto as rajadas ficavam cada vez mais violentas. Felizmente, na segunda semana a tempestade enfim passou, mas, em contrapartida, logo a força real e insuportável do calor do sol caiu sobre eles. Tardes longas e ensolaradas tomavam o navio de assalto, o céu sempre claro e sem a menor sombra de uma só nuvem, o ar parado e sem qualquer brisa que pudesse inflar uma vela ou fazer tremer o espelho que era o mar. Agora o perigo era a viagem se prolongar mais do que poderiam durar os suprimentos de comida e, o que era ainda mais crucial, de água. Infelizmente, apesar de todos os esforços do médico de bordo, o terrível estado de Edward não mostrava sinais de melhora. O capitão, conhecido pela sua sagacidade, conformou-se com a perda inevitável de seu mais ilustre passageiro.

Finalmente, contudo, na noite de 14 de dezembro de 1841, quando o *Mercury* chegava lentamente ao porto do povoado inglês de Freetown, em Serra Leoa, o capitão já tinha tomado a precaução de adquirir mantimentos frescos e auxílio médico imediato para aqueles que, como Edward, se viam entre a vida e a morte. Nativos subiram a bordo e carregaram Edward, cujo suor escorria-lhe pela testa e cujo corpo estava tomado pelos tremores e pela febre, até um barco a remo toscamente construído. Em meio ao torpor da enfermidade, Edward pôde ouvir — na verdade, quase pôde saborear — a água do mar, que o envolvia totalmente, quieta e melancólica. Forçando seus olhos semicerrados, pôde divisar o litoral, onde tochas queimavam naquele entardecer sem lua. A viagem era curta, mas pareceu interminável e piorou ainda mais com a descida de uma neblina espessa, que logo se transformou numa chuva leve. Ao chegar a Freetown, Edward foi posto desastradamente numa carroça rudimentar, puxada por uma única mula. O condutor negro gritou para o animal infeliz, e Edward sentiu o impulso tomado, enquanto as rodas giravam em falso na lama e toda aquela geringonça permanecia dolorosamente no mesmo lugar. Depois de muita gritaria e outras inconveniências que Edward teve de suportar, ele acabou sendo transportado, de maneira completamente primária, até um hospital de missionários cuja única virtude aparente era o número de rostos brancos que habitavam aquele lugar insalubre não fosse por eles. Edward permaneceu ali por alguns dias, de mãos dadas com Deus, até que o vento mudou e a maré o trouxe de volta às praias da consciência.

Em uma semana, ao longo da qual seu corpo voltou a se acostumar aos alimentos sólidos e ele voltou a caminhar sem ajuda, Edward estava impaciente para começar o verdadeiro propósito da viagem. Foi nessa ocasião que o médico inglês informou-lhe que o navio dele, o *Mercury*, partira sem os passageiros que haviam desembarcado. Aparentemente, existia alguma disputa comercial entre a Libéria e Serra Leoa, o que significava que todas as transações, comerciais ou não, entre os dois territórios estavam temporariamente suspensas. Aparentemente, o *Mercury* não era mais bem-vindo em Serra Leoa enquanto exibisse aberta e orgulhosamente uma bandeira americana. Edward ficou desesperado e imediatamente se pôs a fazer um demorado interrogatório ao médico de como ele poderia chegar à Libéria. Estava ansioso por mostrar àquele homem o quanto sua intenção era séria, mas o médico não podia fazer nada a não ser sugerir que Edward tentasse atravessar a fronteira por terra ou que esperasse em Serra Leoa até que aquele atrito diplomático cessasse. Em resposta à pergunta de Edward de como andava a experiência da Libéria, o médico simplesmente deu de ombros. O que ele poderia dizer? Nunca tinha ido à Libéria, nem pretendia fazê-lo. Ali, na Colônia Imperial de Serra Leoa, ele era inglês. Lá, não seria ninguém. Ele tocou levemente o braço de Edward, daquele jeito que os médicos rapidamente se acostumam a fazer para aplacar os temores dos pacientes. Seu conselho era esperar. Garantiu a Edward que aquelas disputas não duravam muito. De nada adiantava preocupar-se em excesso.

Monróvia, Libéria
11 de setembro de 1834

Prezado e querido benfeitor,

    Estou muito feliz em pegar a caneta e aproveitar esta oportunidade preciosa de lhe dirigir algumas linhas. Confio que Deus, em Sua misericórdia, fará com que o senhor leia estas palavras e muitas mais. Minha família e eu fomos abençoados com uma travessia bem próspera do profundo mar e alcançamos em segurança as terras africanas. Assim, agradeço a Deus por continuar vivo e por ter o prazer de lhe escrever destas margens tão distantes. Apesar de estarmos separados por um vasto oceano e por altas montanhas, o senhor, meu querido pai, está sempre em meus pensamentos. O fato de termos passado apenas 17 dias no mar já diz muito sobre o belíssimo tempo com que fomos agraciados. Além disso, o navio teve a glória de ganhar mais um passageiro, pois houve um nascimento a bordo. Esta é a primeira oportunidade que tenho de mandar-lhe um humilde comunicado desde que chegamos aqui. E o faço na esperança de que estas linhas cruas encontrem o senhor e sua esposa em boa saúde, Deus seja louvado. Estamos todos bem, com exceção do jovem York, sobre quem os enjoos do mar se abateram com incomum ferocidade e cujo corpo de menino ainda precisa recuperar o equilíbrio. Felizmente, minha mulher Sally é de compleição mais vigorosa e cuida dele adequadamente, enquanto eu trato de questões mais prementes. Entre os outros imigrantes do navio que o senhor conhece, só a velha Nancy e a Mabel sentiram-se indispostas na viagem. Os outros em geral estão bem e saúdam sinceramente sua nobre pessoa, embora muitos tenham sido tocados pela febre africana.

 Galloway Williams morreu. Isso se deu há apenas um dia. Sua esposa, Constance, que chegou aqui no mesmo paquete que eu, foi abençoada com um belo filho na semana passada. Todavia, o Senhor preferiu levar a criança. Ele não poderia ter esperado uma ocasião melhor, sendo o bebê recém-nascido, mas logo levou Constance para estar ao Seu lado e ficar com a criança, e agora também Galloway, para cuidar da esposa na eternidade. O Senhor dá e o Senhor tira, louvado seja o nome do Nosso Senhor. O dever que o senhor nos imputou de repetir os Dez Mandamentos, que chegamos a considerar uma forma de punição, revelou-se da maior importância para lidar com a dor desses dias difíceis. Como um pai foi como o senhor cuidou de nós, e esperamos que o Senhor venha a recompensá-lo por sua bondade.

 A Libéria é um bom lugar para se morar. A princípio fiquei espantado ao ver as árvores que crescem nas ruas e a exuberância da natureza à nossa volta, mas agora meu ser já se acostumou com essas imagens estranhas. Graças a Deus, tive a felicidade de chegar aqui em boa saúde e, por Sua magnanimidade, continuo bem. A cidade de Monróvia é bem servida de água e madeira, portanto, se uma pessoa tiver um pouquinho de capital, pode sair-se muito bem. Uma pessoa de cor pode viver em plena liberdade aqui, pois não existe preconceito racial e todos os homens são livres e iguais. Embora, querido pai, eu tenha um enorme desejo de vê-lo novamente antes de deixarmos este mundo, duvido que venha algum dia a querer voltar aos Estados Unidos. A Libéria, o belo país de meus antepassados, é um lugar onde as pessoas de cor podem usufruir de toda a sua liberdade. É a terra natal de nossa raça e um país em que trabalho e perseverança são requisitos para um homem ser rico e feliz. Suas leis se fundam nos conceitos de justiça e igualdade e aqui nós podemos nos sentar sob uma palmeira e desfrutar os mesmos privilégios de nossos irmãos brancos nos Estados Unidos. A Libéria é a estrela do Oriente para os negros livres. É o nosso verdadeiro lar.

Infelizmente, entre alguns dos imigrantes há uma tendência para a lassidão e vadiagem. É verdade que por aqui é muito quente, mas depois que o homem laborioso se acostuma não lhe resta mais desculpa para não se dedicar ao trabalho com incansável afinco. Aqueles que não trabalham e vivem de pequenos roubos acabam se assemelhando aos nativos. Quanto ao dinheiro que o senhor pediu que o Sr. Gray separasse para mim, não vi um único centavo, posto que o *cavalheiro* alega desconhecer completamente esse assunto. Por que ele faz isso, não sei — só sei que o faz. Informei-lhe que, como estou determinado a obedecer a suas instruções e partir para o interior do país a fim de fundar uma escola, precisarei de capital. Ele contra-atacou afirmando que seria uma empreitada fatal e desastrosa eu me dirigir para lá, pois os nativos são tão pouco civilizados que, na primeira febre que me acometesse, com certeza me roubariam qualquer artigo de valor que eu possuísse. A propósito, a escassez de cristãos fora de Monróvia é um tanto surpreendente, mas estou decidido a liderar pelo exemplo e a levar a palavra de Deus aos pagãos.

Essa decisão acabou gerando uma espécie de atrito entre mim e minha boa esposa Sally. Ela continua firme em sua fé de que Nosso Senhor, tendo me abençoado com um razoável quinhão de boa saúde, certamente verá a exposição de meu ser aos rigores do interior como uma estupidez e uma excentricidade. A preocupação dela teve início com a recente hemorragia que sofri no nariz. O clima daqui combina com minha saúde de muitas maneiras, mas em certos aspectos, não. Receio que esta temporada de chuvas pela qual estamos passando venha a ser a parte mais prejudicial do ano em relação a meu corpo. Já fui acometido por vários surtos de hemorragia, porém o mais recente, que começou pouco antes do meio-dia, na manhã do último sabá, prolongou-se por duas horas. Só então o sangramento estancou, mas recomeçou às 6 da tarde e continuou sem parar até a meia-noite. Sally ofereceu uma enxurrada de orações a Ele que ordena as coisas do mundo à Sua glória, e Ele claramente deu ouvidos às suas preces, pois o desconforto e o sangramento imediatamente cessaram.

Pai, alguns imigrantes, depois de terem abraçado a religião e demonstrado a paciência necessária para resistir à tentação do demônio, agora dançam sob a música desafinada da bebedeira. No entanto, fico feliz em relatar que não só minha mulher como todos os nossos conhecidos aqui continuam firmes em sua fé. Vou ao culto em todas as ocasiões e sinto as pessoas muito afáveis, assim como minha esposa. Seu temor por nossa iminente viagem ao interior do país apenas reflete seu desconforto frente às assustadoras histórias envolvendo o estado primitivo em que as coisas se encontram fora de Monróvia. Mas tenha certeza, meu caro pai, de que ela continua sendo uma verdadeira cristã.

Por favor, mande meus mais sinceros cumprimentos a todos os meus amigos e peça que eles se comportem de maneira que possam esperar me encontrar no Paraíso, isto é, se eu não tiver a felicidade de voltar a vê-los neste mundo. Falo especialmente de tia Sofia, George, Hannah, Peter Thornton, Fanny Gray, Aggy e Charlotte, Srta. Mathilda Danford, Henry, Randolph e Nancy. Acima de tudo, por favor, mande lembranças à minha querida mãe, mas o senhor que fez mais por mim do que meu pai biológico, ou que qualquer outra pessoa, tem de guardar a maior parte de meu afeto. Por favor, leia o trecho a seguir na presença de seus criados para que eles saibam por meio de um homem livre, sem qualquer obrigação de ser servil nem de expressar estes sentimentos, o tipo de senhor com que eles foram abençoados:

Existem aqueles criados que, depois de servir ao senhor por mais de cinquenta anos, não são recompensados com a liberdade, e sim leiloados a quem der o maior lance. Que bom que o Todo-Poderoso me agraciou com um senhor como esse, pois não existe outro como ele sob o Reino dos Céus. Desde que cheguei à África, descobri que as maneiras e os desejos do senhor, por mais duros que sejam nos Estados Unidos, me ajudaram a criar a base de meu caráter e a sobreviver a esse período de adaptação com relativa facilidade. Sob a tutela dele, meu entendimento das coisas foi iluminado, por isso peço agora a vocês, criados, que prestem atenção, vão à escola e aproveitem a oportunidade de aprender, porque nem todos os senhores têm a mesma inclinação para direcionar a sabedoria e o bom-senso da Bíblia à disposição de suas propriedades de cor.

E agora para o senhor, querido pai: se eles se recusarem a frequentar a escola ou a obedecer a suas palavras, o senhor precisará puni-los, sejam jovens ou adultos, pois, como observei por aqui, prazer em excesso leva ao pecado e à ruína. Humildemente, volto a lhe lembrar que o senhor deve transmitir minhas lembranças à minha querida mãe, que sempre esteve feliz ao seu serviço, pela maior parte de sua vida adulta. Se ela por ventura mudar de ideia, e desejar passar seus últimos anos no seio da África, ou se simplesmente não for mais útil para o trabalho, confio em que, apesar de sua condição de iletrada, o senhor lhe dará a liberdade de fazer essa viagem. Querido pai, recentemente reli a gentilíssima carta que o senhor me enviou quando, há muitos anos, fui fazer faculdade.

Dá-me muito prazer — tanto que nem posso expressar — pensar que tenho alguém como o senhor como conselheiro e amigo e, enquanto sigo a minha vocação para ser professor, rezo a Deus para que Ele não me abandone, pois sem Ele não somos nada e nada podemos fazer. Agradeço a Deus por ter tido a sorte de nascer num país cristão, entre pais e amigos cristãos, e por o senhor haver tido a bondade de pegar a mim, uma criança tola, das mãos de meus pais e me criar em sua própria residência, mais como um filho do que como servo. A verdade e a honestidade são um capital importante, e o senhor incutiu esses valores em mim desde a mais tenra idade, pelo que serei eternamente grato ao senhor e ao meu Criador. Houvesse eu tido a liberdade de simplesmente viver solto, hoje estaria coberto pelas mesmas vestes de ignorância que cobrem os ombros de meus irmãos negros. Não posso expressar em palavras minha gratidão pelo carinho que o senhor demonstrou por mim na minha juventude, pois, como dizem as Escrituras, eduque um filho para ser aquilo que ele tiver de ser e, quando ele estiver mais velho, ele não se desviará. Tenho sempre a esperança de que um dia poderemos nos encontrar de novo, mas se o Senhor não desejar que assim seja, então acredito que estaremos entre aqueles que João viu rodeando o Trono do Cordeiro, onde a dor, a melancolia e a morte não são mais sentidas nem temidas.

Eu olho para o senhor como um filho para um pai gentil. Sempre esperarei ter o seu auxílio, enquanto pudermos nos comunicar um com o outro. No momento preciso de sua ajuda assim que possível, pois até agora não recebi um único centavo de seu homem de confiança, e os agentes da Sociedade por aqui parecem determinados a se agarrar ao pouco que têm. O senhor poderia fazer a gentileza de mandar algumas sementes de mostarda e linhaça para dor de estômago? Pai, o senhor poderia fazer o favor de mandar um par de óculos para meu uso próprio e outro para minha esposa, Sally? Preciso muito de roupas. O senhor pode mandar um pouco de tecido comum e sapatos? Além disso, minha mulher lhe pede uma roda de tear e um baralho para mantê-la ocupada. Eu lhe imploro, senhor, em meu nome, que nos ajude. A quantia de 400 a 500 dólares não faria muita falta para um homem como o senhor, mas num país difícil como este, pode mudar de um dia para o outro a sorte de um homem. Qualquer outra coisa que o senhor decidir mandar, sejam provisões ou mercadorias secas, será muito bem recebida, pois este não é um país diferente de outras jovens nações. O Sr. John Sawyer pergunta se o senhor poderia fazer a gentileza de mandar algumas peles de tambor. Ele deixou algumas aos cuidados do capitão, mas elas molharam e os ratos abriram um rombo. Foi ele quem disse isso.

Espero que o senhor faça a gentileza de dar minhas melhores lembranças a todos aqueles que perguntarem por mim. O senhor deve lembrá-los de servir ao Senhor, na esperança de que Ele ofereça um caminho para se chegar a essas terras de privilégios civis e religiosos. No momento, não tenho mais nada a dizer a meu respeito que possa lhe interessar. Portanto, meu caro senhor, receba os melhores cumprimentos deste seu humilde servo. Despeço-me e eis que continuarei sendo seu filho mais sincero e afeiçoado até a morte. Querido pai, confio em que Deus continuará a guardá-lo e protegê-lo dos perigos e do mau que há neste mundo pecador. Rezo a Deus para que Ele o abençoe e o mantenha por muito tempo nesta vida e que, na hora da morte — depois de terminar seu curso e fazer o trabalho que lhe foi designado —, receba-o no céu, onde o senhor possa se sentar à Sua direita. Espero que nos encontremos lá e não nos separemos nunca mais. Seu afetuoso filho,

Nash Williams

Rio Saint Paul, Libéria
22 de outubro de 1835

Querido pai,

Escrevo esta carta num momento em que minha saúde não vai bem. Fui acometido pela febre, mas agora aproveito esta oportunidade de redigir algumas linhas, sendo minha intenção enviá-las pelo paquete *Libéria*, que sairá dentro de mais alguns dias. Espero sinceramente que minha carta venha a encontrar o senhor e sua esposa em circunstâncias melhores do que as que tomam conta de meu ser. É de se esperar que o senhor viva por muitos e muitos anos, abençoado de várias maneiras pelo Senhor, e faça o bem por mais tempo na terra.

Não estou mais em Monróvia, tendo me estabelecido no coração do país. Antes de sair da capital, escrevi-lhe em duas ocasiões por meio do Sr. Andrews e uma terceira vez diretamente, mas imagino que essas missivas tenham passado de mão em mão e que o senhor tenha acabado não as recebendo, o que acontece com frequência. O senhor sabe como são essas coisas. Não sou capaz de lhe dar informações sobre o progresso dos outros, pois estamos muito longe deles, apenas uns poucos morando por estas partes, a maioria permanecendo na capital. Sou realmente uma espécie de pioneiro. Estou me dedicando a fazer todo o bem que posso para os nativos daqui, que compõem a imensa maioria dos habitantes. Para isso, estou até falando um pouco do rústico dialeto deles, que é muito difícil de aprender. Verdade seja dita, entendo-o melhor do que consigo falar, mas com a prática essa situação vai se acertar. Desde que recebi a terra, não tive a oportunidade de fazer muita coisa, mas tive alguns progressos significativos. O primeiro envolveu a construção de uma escola bastante primitiva, sob minha criteriosa supervisão. Os nativos trabalharam alegremente, e agora essa aldeia pagã tem uma escola missionária, na qual posso ensinar-lhes uma forma inteligível de escrever, além de matemática, geografia e as lições da Bíblia. Trabalho diligentemente como professor, na esperança de que em breve esses pagãos se tornem alfabetizados. Durante o sabá a escola se transforma, por um único decreto meu, numa pequena igreja batista, onde prego e dou às massas a oportunidade de ouvir o Evangelho.

O segundo progresso significativo se refere à lavoura. Dei início a uma pequena plantação e limpei de 6 a 8 hectares de terra, nos quais plantei café, algodão, batata, aipim e muitas outras plantas aqui da África. Pelo meu entendimento, a terra é extremamente fértil e com o tempo dará frutos em abundância. Isto é, se as sementes forem plantadas da maneira adequada e se tomarmos a providência de manter os campos livres do mato e das ervas daninhas. Trabalhando normalmente, um homem pode cultivar tudo de que precisa e ainda ter muito mais para vender. Espero poder logo me encontrar na próspera situação em que seja possível trocar o resultado de meus esforços na terra por produtos de fora. Tudo leva a crer que esse tipo de comércio, ainda que pequeno, acontece em Monróvia, mas agora eu sou, para o bem ou para o mal, um homem do campo. Junto a esta carta envio algumas sementes secas de mamão. Talvez tenham sido tratadas incorretamente. Se não derem o resultado desejado, vou procurar outra variedade, tratá-la como se deve e enviá-la na próxima oportunidade.

Agora escreverei algumas palavras sobre os animais desta terra. Nos últimos dias recebi a visita de um astuto leopardo, que daqui levou cabras e porcos, dois de cada, se minha contagem estiver correta. Fiquei tentando ver a criatura, mas não consegui. Os leopardos entram com frequência em Monróvia, onde caminham à noite pelas ruas e cometem grandes desfalques. Aqui, bem longe daquilo que se pode chamar de civilização, o trabalho deles é consideravelmente facilitado. Recentemente, matei uma cobra de quase 10 metros de comprimento e de uma espessura impressionante. Era toda preta e vermelha e brilhava na margem do rio, com um ar de superioridade inigualável. Além disso, temos uma enorme variedade de pássaros, muito embora seus nomes ainda me escapem.

Como o senhor sabe, um homem trabalhador que não tem qualquer tipo de dívida pode viver com um conforto razoável. No entanto, quando um homem se envolve em dívidas, seja por sua culpa ou não, ele normalmente sofre muito. Um pouco de sua ajuda, meu querido pai, me faria muitíssimo bem no presente momento. "Dar não empobrece." Eu gostaria de implorar um pouco, para que o senhor me envie alguns gêneros comercializáveis que, no devido tempo, poderei retribuir com café, gengibre, araruta e outros bens que em breve colherei de minha terra. E também belas camisas brancas, sapatos, meias, tabaco, farinha, vinho do Porto, cavalinhas, melaço, açúcar e um pequeno torrão de bacon e outros agrados que o senhor julgar conveniente. Apesar de haver plantações de algodão por aqui, no momento elas ainda não produzem em quantidade suficiente para se fabricarem roupas. Se o senhor pudesse mandar um tecido bom e resistente para que dispuséssemos de camisas, calças e outros tipos de roupa para os modestos nativos daqui, eu ficaria imensamente grato. Meio barrilete de pregos de 8 centímetros e mais meio barrilete de pregos de 4 centímetros também seriam muito bem-vindos. Também preciso de um pouco de bórax, mas não tenho como consegui-lo neste país. Por favor, ponha meu nome completo na caixa e envie-a para o povoado do rio de Saint Paul, onde, a cada dia misericordioso, mais gente me conhece e tem apreço por meu trabalho cristão.

Desde o falecimento de minha esposa e de meu filho, minhas necessidades são pequenas e facilmente atendidas neste país das trevas. Não tenho nada a temer. Os Estados Unidos são, tanto quanto eu me lembre, um país de leite e mel, onde as pessoas não se satisfazem com facilidade. Coisas que então pareciam tão valiosas para mim são agora, neste país e em minhas atuais circunstâncias, destituídas de valor. O que desejo agora é apenas o que for suficiente para me propiciar conforto e um pouco de alegria enquanto permaneço neste mundo, pois aprendi, por meio de minha infeliz experiência e do estudo detalhado das Escrituras, que não levamos nada deste mundo ao partir. Além de minha última luta contra a febre africana, também sinto uma dor no quadril que, como o senhor deve se lembrar, começou antes mesmo de eu deixar os Estados Unidos, em razão de eu ter sido arremessado de cima de um cavalo rebelde. Espero encontrar-me no céu com minha querida e falecida Sally e com meu único filho, York, e com eles ficar eternamente. Como é abençoada essa esperança de encontrá-los onde não tenhamos mais problemas, trabalhos inglórios, despedidas, e onde poderemos cantar louvores ao Senhor e ao Cordeiro de Deus para todo o sempre! Com certeza a religião de Cristo é o meu maior conforto neste mundo sombrio. Rezo para que o Senhor o abençoe, proteja e defenda por toda a sua vida, com seus conselhos sempre corretos, e que, quando esta jornada da vida terminar e Ele não tiver mais nada para o senhor fazer na terra, que o leve à Sua morada, em toda a sua glória.

Meu glorioso asilo na Libéria continua protegido por um Deus sábio, que promete ser um Deus de todas as nações, desde que elas lhe obedeçam e o sirvam adequadamente. Apesar de este país ter seus inconvenientes, ele também oferece muitos privilégios, pois qualquer um que deseje trabalhar pode morar aqui hoje em dia, embora a qualidade das pessoas que estão escolhendo fazer deste lugar sua pátria me deixe bastante preocupado. Há dois meses, fui até Monróvia tentar forçar a mão daquele vigarista que se aferra ao que é meu por direito. Lá encontrei outras pessoas semelhantes ao Sr. Gray, de comportamento nada cristão e completamente vulgares, cuja única ocupação visível parece ser aproveitar-se de criaturas desafortunadas como eu. É verdade que existem muitas sociedades boas e caridosas em Monróvia, e igrejas de todas as religiões, mas temo que, a menos que os agentes da Sociedade ajam com pulso mais forte, os problemas deste jovem país possam sair do prumo. Recentemente passei parte da manhã conversando com Ellis Thornton Williams, de quem o senhor sem dúvida guarda ótimas lembranças. O senhor ficará feliz em saber que ele se assentou no interior, ao norte da capital, abriu uma clareira e começou a cultivar uma bela plantação de arroz, milho e aipim. Ele tem em sua fazenda umas duas dúzias de meninos do Congo, a grande maioria resgatada da masmorra de um traficante de escravos por um combatente inglês. Ele cultiva cerca de 35 hectares e foi abençoado com uma ninhada de belos filhos e sua saúde encontra-se bastante boa. Esse encontro fortuito serviu para elevar-me um pouco o astral, pois àquela altura eu estava convencido de que o caráter de todas as pessoas de cor que moram em Monróvia estava apodrecendo sob o calor africano. Minha conclusão é de que o espírito e a integridade de um homem são regados e alimentados de maneira mais prazerosa em meio aos nativos pagãos do país, pois lá é possível observar diariamente os traços do trabalho cristão, o que prova a superioridade do modo de vida americano sobre o africano.

Agora, algumas palavras para minha querida mãe, as quais confio que o senhor fará a gentileza de ler para ela:

Querida mãe, o conselho que a senhora me deu quando eu era criança continua em meu peito, tão novo e sábio como no dia em que o recebi. Espero que Deus lhe permita segurar o rosto de seu filho mais uma vez. Lamento informar-lhe da morte de Solomon Charles, que, acredito, a senhora conheceu em outra época. Além dessa triste ocorrência, tenho bem poucas notícias a dar. Quando este seu filho perguntou a Sally: "O que separa você de seu Deus?", a resposta dela foi "O caminho está livre. Eu quero ir". Sim, essas foram suas palavras, apenas dois dias antes de ela morrer. Mãe, como está o tio Daniel? Ele ainda está vivo, ou será que agora só vou encontrá-lo no céu? Desde que cheguei aqui, fui acometido pela febre africana várias vezes. Ainda não estou totalmente bem de saúde, mas melhorei um pouco. Ontem circulei entre os nativos que cultivam minhas terras. São bons trabalhadores, embora exijam uma supervisão rígida e permanente. Agora, querida mãe, preciso encerrar esta mensagem, sabendo que Deus e o Sr. Edward Williams tomarão conta da senhora. Estenda meus respeitos a todos, brancos e negros. Ainda seu filho afetuoso, Nash Williams.

Querido pai, gostaria que o senhor fizesse a gentileza de transmitir meu mais nobre respeito a todos os meus colegas criados e qualquer amigo que pergunte por mim. Espero que eles estejam se comportando bem com o senhor. Se isso não acontecer, espero que o senhor os lembre das muitas benesses que o senhor despejou sobre minha humilde pessoa. O senhor sempre será objeto de meu afeto. Talvez o senhor pudesse mandar alguns livros aqui para a escola. Leitores valorosos são uma parte extremamente importante de minha missão. Além disso, ficaria feliz em saber minha verdadeira idade. Na próxima vez que eu escrever, tentarei falar de algumas curiosidades. Subscrevo-me como um servo de Deus e amigo de meus companheiros. Como espero que o senhor receba esta carta no fim do ano, concluo desejando ao senhor e à sua boa senhora um feliz Natal e desejando sinceramente que os senhores tenham ainda muitos mais Natais. Até breve, meu caro senhor; receba os calorosos cumprimentos deste seu afetuoso filho e humilde criado,

Nash Williams

Rio Saint Paul, Libéria
10 de março de 1839

Prezado pai,

Aproveito uma oportunidade favorável para escrever algumas linhas apressadas, na expectativa de que elas possam ser-lhe enviadas com a partida do navio *Mathilda*, que em breve sairá deste litoral rumo à costa americana. Recebi sua carta em 5 de fevereiro e li-a com imensa alegria. Declamei-a em voz alta para as pessoas daqui e suas gentis palavras chegaram a me levar às lágrimas. Fiquei triste em saber que seu irmão foi chamado para a alegre morada do Senhor, mas me tranquilizei com a informação de que a doença dele não durou mais do que umas 10 ou 12 horas. Que sua boa esposa Amelia ainda goze de uma vigorosa saúde deve ser uma grande bênção para o senhor. Eu ficaria feliz se pudesse transmitir-lhe minhas saudações e informá-la que, para muita gente neste obscuro país que é a Libéria, ela representa o ponto mais alto que uma mulher pode almejar.

O senhor não faz alusão a por que optou por ignorar minhas duas cartas anteriores, querido pai. Devo pressupor que o senhor não as recebeu, ou então que considerou o conteúdo tão ignorante e pobre em sua forma de expressão que achou, corretamente, que não valia a pena respondê-las. Seja qual for seu raciocínio, fiquei maravilhado em receber notícias de minha família e de meus amigos, com uma única e óbvia exceção. E as notícias sobre o senhor? O Sr. Lambert pegou uma mulher do Alabama chamada Bertha e seu filho, Prince, para morar com ele na sua casa de alvenaria em Monróvia. Parece que o negócio dele está indo muito bem, apesar de essa iletrada se comportar de maneira extremamente inadequada. E talvez o senhor também tenha ouvido, por alguma outra fonte, que o velho irmão Taylor e a irmã Nancy se desviaram totalmente do caminho da fé. Taylor, além disso, se transformou num grandissíssimo e escandaloso beberrão. Ele é acusado de se embebedar regularmente, promover farras noturnas, obscenidade e tudo o mais que caracteriza um homem imoral. O senhor pode corretamente deduzir disso que rompi qualquer ligação existente entre mim e ele. Dizem que a decadência de Taylor se deve à infelicidade de ter perdido o filho mais novo, por conta de uma infecção bucal.

Sobre os dois recém-chegados que o senhor recomendou aos meus cuidados, tenho boas e más notícias. O jovem Solomon Williams está muito bem estabelecido entre nós. Ele trabalha no campo por 75 centavos ao dia, na esperança de no futuro poder comprar alguns utensílios de fazendeiro e começar a própria plantação.

Quando se aproximou de mim, eu não sabia nada sobre ele, com exceção do nome. Após breves momentos de conversa, porém, reconheci o rapaz. No começo, ele resolveu testar sua liberdade e quis agir como um cavalo novo que tivesse sido libertado do estábulo, mas eu logo o domei. Agora ele aprende muito bem seu ofício e, em geral, é um rapaz muito correto. Ele me atende muito bem e um dia poderá até (se continuar sóbrio) ser um homem útil para o nosso jovem país. Quanto ao segundo recém-chegado, só tenho más notícias a dar. Depois de sobreviver a uma difícil viagem de 49 dias, tornada ainda pior por um surto de varíola que ceifou a vida de umas trinta pessoas, ele logo faleceu, mas foi em paz. Ficou doente numa segunda-feira e seu fim se deu na quarta. Sua doença, mesmo grave, só durou três dias até a conclusão fatal, e a maior reclamação que ele tinha era de dor de cabeça. Ficou internado em Monróvia e, de acordo com algumas fontes, o reverendo o visitava diariamente, perguntando-lhe sobre a salvação de sua alma e sobre o caminho da terra até a glória, se estava aberto ou não, ao que ele sempre respondia da mesma forma, que suas esperanças estavam em Jesus Cristo. Quando a quarta-feira chegou, ele estava plenamente ciente de que ia morrer, adormeceria nos braços de Cristo para nunca mais participar de uma comunhão terrena com nossa gente, acreditando que um dia iremos nos reencontrar e retomar nossa amizade no reino dos céus, onde não mais teremos de nos separar.

Talvez o senhor não saiba que eu recentemente instalei-me, e também a escola, num novo assentamento.

Fica um pouco mais acima, no mesmo rio Saint Paul, mas muito bem localizado. Continuo a empreender todas as melhorias que posso e guardo boas esperanças para o futuro. Hoje tenho 14 meninos e duas meninas na escola, todos fazendo algum tipo de progresso na leitura das palavras de Deus. Todas são crianças locais, e eu trabalho com a maior boa vontade com esses pagãozinhos, fazendo tudo o que posso de acordo com seu desejo. Em novembro passado, tratei com uma jovem americana, recém-chegada de Maryland, para ser minha assistente e também trabalhar como professora. Mas, infelizmente, ela foi logo sacrificada pelo tempo e chamada para o reino dos céus. Tenho todas as razões para acreditar que a passagem dela foi bem tranquila. Sua morte foi a terceira na missão em questão de semanas. Perdemos um menino para a tuberculose, que cruelmente o consumiu por um longo tempo. Outro infeliz morreu rapidamente, acometido de dores no estômago às 5 da manhã, mas gerou uma comoção tão grande que acordou a aldeia inteira. Quando o dia amanheceu, ele já tinha falecido, mas sua triste partida convenceu alguns de nossos *alunos* a saírem correndo, pois os habitantes nativos daqui ainda são muito supersticiosos — se alguém morre de repente, eles têm certeza de que alguém o enfeitiçou, e vão até o grande feiticeiro da aldeia, que, em troca de uma pequena oferenda, diz quem foi o responsável pela morte. Essa pessoa então é envenenada, de modo a fazê-la pagar por seu ato abominável. Esse me parece um método não totalmente injusto de se administrar a justiça; nós, do mundo civilizado, poderíamos tirar disso algo de valioso.

A propósito, os nativos são um povo extremamente maldoso neste país escuro e tenebroso. Alguns homens menos respeitáveis dentre nós, imigrantes, se dedicam a atormentar e explorar essas criaturas, em vez de tentar incutir em suas almas os valores da civilização americana com que seus bons senhores os iluminaram. No povoado vizinho, um certo Sr. Charles, americano, que ficou com pouco dinheiro devido à ruína de seu pequeno estabelecimento perto de Monróvia, pegou dois meninos locais *emprestados*, informando aos pais que iria ensiná-los a falar inglês. Em vez disso, ele cruelmente os levou até uma feitoria de escravos e os vendeu pelo equivalente a 20 dólares. Ao conversar com os nativos, pergunto com frequência por que eles não sabem ler e escrever como um homem branco (eles chamam a todos nós de brancos), e a resposta que geralmente recebo é que seus deuses lhes pediram para escolher entre o gado e a terra ou os livros, e eles escolheram os primeiros. Nessa hora, eu protesto e falo da natureza engenhosa do artesanato e dos bordados locais, alegando que nosso Deus deu aos nativos a mesma sensatez de qualquer homem branco, se eles se esforçarem para isso. E os nativos geralmente reconhecem que o *homem branco* está falando a verdade, porque eu acho que eles passaram a gostar muito de mim.

Infelizmente, nem todos os *senhores* conversam desse modo com os nativos. No ano passado mesmo, num ataque de vingança contra depredações de propriedades dos colonos por parte dos nativos, a cidade mais forte e populosa nesta parte da costa foi tomada e incendiada e os nativos, totalmente expulsos, pois eles podem ser muito selvagens quando pensam que estão em vantagem. Em momentos como esse, é muito difícil pensar que esse povo da África foram nossos antepassados, porque, para alguns deles, você pode fazer o que for e eles continuarão sendo seus inimigos. Agora já faz muitos meses que não há nenhum barulho de guerra entre as tribos vizinhas, e as questões internas do país parecem tranquilas. Estamos todos muito aliviados por não ouvirmos mais as trombetas da guerra e pelo fato de os nativos continuarem a mostrar um pouco de receptividade, pois dessa maneira podemos evitar perdas desnecessárias. A intenção era que a África fosse um continente de liberdade, pois em que outro lugar um homem de cor pode ser livre? Certamente não no Haiti, nem no Canadá. Esta terra de nossos antepassados, onde brotam frutas deliciosas, continua determinada a atrair as mentes mais nobres. Se o senhor ouvir alguém se referir desrespeitosamente a ela, eu agradeceria se o senhor mandasse a pessoa se calar, pois um homem, seja ele um cavalheiro ou não, não haverá de prosperar em país algum se decidir não trabalhar. Além disso, nesta república a prática é se dirigirem a mim como *Sr. Williams* e não como *Garoto*. Existem alguns brancos aqui, e eles são educados, cumprimentando-me com um passo para o lado e um toque no chapéu. Em Monróvia, tive a oportunidade de passar nos bairros em que moram e de tratar de alguns assuntos do dia com eles, inclusive questões religiosas. Os homens brancos só me chamam pelo nome. Para eles, sou o *Sr. Williams*.

Lamentavelmente, não desfruto do mesmo tipo de relação com os imigrantes negros daqui. Alguns deles, que se arvoram o papel de ministros leigos dos Evangelhos, me pediram permissão para entrar em meu assentamento e pregar a palavra de Deus. Foram admitidos com a minha bênção e, portanto, as dos agentes da colônia, já que meu atual povoado fica ainda além do posto mais distante a que se é incentivado a viajar. No entanto, nosso relacionamento logo azedou, pois eles se comprazium em contar o número de convertidos esperançosos que moravam com eles em seu antigo povoado e alegar que esses convertidos agora estavam repletos do Espírito Santo, com a confiança em alta e a cada dia mais simpáticos. Era como se atacassem constantemente a minha pessoa, insultando o que julgavam ser realizações apenas modestas alcançadas por minha missão até agora. Parece que entre as leituras que eles faziam da Bíblia havia orientações metodistas, batistas e presbiterianas, e eles eram tão pouco educados que nitidamente não conseguiam distinguir uma variedade da outra, mas me contive e não toquei no assunto. Que eles realmente abraçaram a religião, que eles mostraram ter a paciência para resistir às tentações do mal, eu não duvido, mas as críticas que faziam à minha maneira *ditatorial* e as insinuações ao valor moral de meu comportamento realmente passaram da conta, de forma que logo depois que chegaram pedi que se retirassem. E eles se foram, não antes de espalhar fofocas maldosas de que uma criança recém-nascida do ventre de uma nativa mostrava uma forte e suspeita semelhança com um tal de Nash Williams. Retruquei dizendo que isso seria natural, considerando que todos nós temos os mesmos antepassados, mas, nas mentes de certos fazendeiros imigrantes, alguns dos quais optaram por deixar meu povoado, parecia que as sementes do mal que aqueles *pastores* tão bem espalharam estavam começando a dar frutos.

Pouco depois da expulsão desses *pastores do Evangelho*, ficou claro que eu teria de procurar alguém com capacidade e disposição para me ajudar em meu trabalho com aquele rebanho pagão. Com esse objetivo, fui até Monróvia, onde contratei uma jovem senhora que tinha acabado de chegar dos Estados Unidos, tendo ela sido propriedade de um tal de Sr. Young, da Pensilvânia. Ela me disse que veio para a África em setembro e que passou bem pelas febres de adaptação. Aos meus olhos, essa jovem senhora parecia perfeitamente preparada para o trabalho de nossa missão, pois foi criada por uma das melhores famílias cristãs dos Estados Unidos. Ela fez o caminho de volta comigo, subindo o rio Saint Paul, e, embora no começo estivesse claramente desencantada com nosso pequeno império cristão, seus olhos logo se acostumaram às condições mais primitivas do interior, tanto que agora ela se comporta como se nunca tivesse conhecido outra forma de vida. Espero realizar minha união com ela em pouco tempo, se a vida permitir e tudo continuar bem. Talvez o senhor pudesse fazer a gentileza de mandar algo para começarmos a vida de casados, pois o senhor sabe que meu tempo não é dedicado a assuntos lucrativos, que resultem em ganhos materiais. A colônia hoje não é tão florescente como já foi um dia, os negócios estão devagar e essa última temporada foi muito desfavorável para o cultivo de todas as nossas fontes de renda.

No que diz respeito ao café, atualmente ele sai por cerca de 50 centavos a libra, mas a plantação cresce desordenadamente e geralmente os macacos e os nativos roubam um pouco. O açúcar em cones sai a 28 o cento. A carne fresca pode chegar a 25 centavos o quilo. O gado sai a 15 por cabeça, as ovelhas a 2, e as cabras, a 1 dólar. O preço dos porcos varia de 1 a 15 dólares por cabeça, dependendo do tamanho. Patos custam 1 dólar e a dúzia de galinhas, 2. Pode-se contratar um trabalhador por 20 centavos a diária, e um proprietário de terras pode empregar gente comum para arar o solo e deixá-lo tão produtivo quanto o dos Estados Unidos. Mas, se me permite explicar por que um homem como eu, que trabalho o solo com tanta aplicação, continuo tendo de lutar tanto, recordo aquela máxima de que é preciso muitos anos para a terra se pagar. Sempre foi assim e continuará sendo. Houve gente que chegou aqui e ficou rica, e está muito bem de vida, usando os nativos como escravos. Mas, invariavelmente, isso significa que as pessoas pobres e despreparadas que chegam dos Estados Unidos não têm chance de ganhar a vida, pois os nativos fazem o trabalho todo. Existem poucas chances de se cultivar a terra em Monróvia, já que lá o solo é pedregoso. Aqui no interior a terra é boa, mas a menos que se administre a província de uma maneira cruel e nada caridosa, a situação é muito difícil para todos os que cultivam o solo honestamente.

Querido pai, talvez o senhor pudesse fazer a gentileza de me mandar um gorro e um guarda-chuva, por favor. E algum tecido para eu fazer um hábito branco, pois não há nada parecido com isso por aqui. Não haverá dificuldade de o senhor conseguir esses artigos, sendo eles muito comuns nos Estados Unidos, embora não por aqui. O senhor poderia também me mandar alguns valiosos livros, de história por exemplo, e um dicionário e papel para escrever, além de canetas e tinteiros? E também farinha, carne de porco e outros itens que o senhor acredite serem de serventia, incluindo um machado, uma enxada, martelos e algumas pás de pedreiro. Se o senhor, ou qualquer pessoa de sua gentil família, à qual já devo tanto, puder mandar qualquer coisa para mim, essa caridade não será em vão, pois as provisões aqui são bem escassas.

Lamentei muito saber que minha mãe faleceu, mas me consola muito saber que ela foi repousar na casa de Deus, e nada podemos fazer além de nos prepararmos para lá reencontrá-la. Também me consola a informação que o senhor pesarosamente me deu de que ela morreu com Jesus no coração e podendo ver os céus e com a confiança ancorada no Senhor. Eu já estou na África há muito tempo e desejo voltar para casa o mais rápido possível. Espero que o senhor me mande uma carta pelo primeiro navio que partir me dizendo sob que condições eu poderia voltar, ou se serei obstruído pelos homens brancos. William Young saiu daqui a bordo de um navio cargueiro e já duas vezes recebi notícias dele. Está em Cincinnati, trabalhando como carregador num armazém, portanto é possível voltar aos Estados Unidos e ainda sair-se bem. Gostaria muito de reencontrá-lo em carne e osso, e essa talvez venha a ser minha última chance de cruzar o Atlântico. Naturalmente, tenho toda a intenção de voltar para a Libéria, já que este é o melhor país que pode existir para um negro. Nações mais antigas, com formas diferentes de governo, podem ter dificuldade para reconhecer nosso valor — nós, para quem o sol da liberdade está se levantando. Mas a Libéria está fazendo sua parte para melhorar as relações humanas e se ergue orgulhosa diante das outras partes do mundo civilizado.

O senhor poderia fazer a gentileza de informar aos meus amigos que estou bem? Eu mesmo os informaria, mas não estou bem certo quanto à situação em que se encontram. Acredito que eles viriam para cá se não tivessem medo da febre, mas todo mundo que chega aqui precisa, naturalmente, passar por um período de mal-estar, antes de poder desfrutar de boa saúde. Espero que faça a gentileza de estender minhas saudações a Lucy e Fanny Thornton, caso o senhor as encontre, e a qualquer amigo que pergunte por mim. Não me lembro de termos perdido ninguém, além dos já mencionados, desde a última vez que o senhor teve o prazer de ouvir notícias minhas, e todos os que o conhecem fazem coro comigo para agradecer-lhe, pois sua inenarrável gentileza e bondade por nós jamais será esquecida. Não será surpresa alguma para o senhor saber que Mary Williams Lewis continua distribuindo tratados sobre a temperança e sendo uma defensora da causa segundo a qual devemos conter nosso espírito mais ardente. Aqueles que aceitam sua orientação não mais se permitem serem levados pelos humores, pois sua doutrina é construída de tal maneira que o seguidor fica permanentemente convencido de que faz isso não apenas por si, mas também pelo país.

O senhor precisa escrever-me na primeira oportunidade que tiver. Eu gostaria de lhe mandar algumas frutas, mas como a viagem deve ser longa, acredito que elas apodreceriam antes de aí chegarem. Quando eu escrever de novo, tentarei falar algumas coisas curiosas. Perdoe-me pela letra ruim, pois já é tarde. O senhor em nada deixa transparecer, mas eu realmente acho que o motivo de eu ter recebido apenas uma carta sua até o presente momento é porque o senhor tem algum ressentimento de mim. O senhor sabe que continuarei lhe escrevendo enquanto conseguir encontrar um pedaço de papel. Desejo encerrar declarando que sempre manterei nossos laços de afeição. Continuo amando-o.

Nash Williams

Rio Saint Paul, Libéria
2 de outubro de 1840

Querido pai,

Espero que estas poucas e apressadas linhas que respeitosamente lhe escrevo o encontrem com boa saúde e bom humor. Por que seu coração continua enrijecido em relação a mim é um mistério que já me criou enormes transtornos emocionais. Porém, que assim seja. Nunca poderei guiar a sua mão. Fiquei extremamente decepcionado com a chegada do último navio de imigrantes, por não ter recebido uma única linha do senhor. O senhor fez o comentário, na única carta que me enviou até hoje, de que ainda tenho sua afeição. Nesse caso, por que não recebo cartas suas com mais frequência? Estou numa localidade de onde não posso ver todos os navios que chegam à costa, mas meu nome e meu povoado são muito conhecidos nesta região. Gosto muito deste lugar, mas meu maior desejo é poder vê-lo mais uma vez neste mundo. Procurei seguir seus conselhos o máximo possível.

O senhor não precisa temer que eu possa esquecê-los ou deixar de obedecê-los.

Já lhe falei de minha união com uma jovem da região? Depois de algum tempo de flerte, pedi-lhe a mão e espero ser de todo modo fiel a ela até o dia em que morrer. Nós nos casamos no dia 1º de março. Ela é uma nativa, uma das melhores da África, e cumpre todos os deveres de mãe para um filho que tive em outra relação, não tão bem-sucedida, além de continuar a ser uma mulher trabalhadora, que cuida de todas as obrigações domésticas, inclusive da feitura de roupas para a *família* dela. Essa *família*, da qual sou o chefe, se une a mim para enviar lembranças ao bom pai que eles não conhecem. Meu filho, que tomei a liberdade de chamar de Edward, na expectativa de que ele um dia possa ser igual à sua estimada pessoa, logo estará precisando de materiais para acelerar suas habilidades de leitura e escrita. Qualquer coisa que o senhor se digne a mandar será bem-vinda, e a soma de 300 dólares, cuja falta é de pouca consequência para um homem de sua riqueza, seria suficiente. Eu agradeceria muito receber também alguns jornais, e, se quiser, posso lhe mandar alguns daqui. Espero, querido pai, que o senhor envie também algumas ferramentas extras, como machados e enxadas, pois são instrumentos muito úteis mas extremamente difíceis de se encontrar por estes lados.

Os surtos de febre por aqui não são mais tão maus como costumavam ser, pois, ao que parece, quanto mais velho vai ficando o povoado e mais as terras são cultivadas, menor a incidência da febre. Tendo passado há muito por meu período de aclimatação, e depois de ver outros superarem essa fase de forma igualmente vitoriosa, fico feliz em dizer que amo esta terra mais do que quando cheguei. As estações do ano continuam sendo bastante diferentes em comparação com meu antigo país, porém o tempo parece ter ficado mais fresco. Este ano fomos agraciados com poucas chuvas e um sol que queimou quase toda a nossa plantação, portanto se o senhor pudesse nos mandar alguma coisa, eu ficaria muito agradecido. Qualquer coisa, não importa o quê, pois tenho certeza de que será uma valiosa contribuição.

A agricultura agora é nossa principal ocupação, já que o número de alunos matriculados na missão caiu significativamente. Em meus campos plantei batatas, araruta, aipim e uma grande quantidade de milho. Além disso, tenho mais algodoeiros e um sem-número de outras verduras. Possuo também um grande campo de arroz e, junto com os nativos, trabalho de sol a sol, arando e plantando. Ficaria muito agradecido se pudesse me mandar uma moenda, pois tentei cortar uma pedra com esse objetivo mas descobri que tal tarefa estava além da minha capacidade. Não estou numa posição tão próspera como se poderia esperar, pois continuo tendo dificuldades para trocar meus produtos por artigos estrangeiros; além disso, o pouco que conseguimos colher é apenas o suficiente para não morrermos de fome. Tenho muitas galinhas, de todo tipo. Também tenho porcos e cabras. Só agora meu gado está começando a aumentar de tamanho, e alguns dos nativos mais talentosos fizeram, sob minha orientação, uma cerca para impedir as reses de fugirem. Antes disso, elas costumavam fugir para a floresta e logo se perdiam. Manter em ordem essa terra fértil, livre do mato e das ervas daninhas, é a minha principal tarefa. Mas qualquer homem que trabalha o suficiente pode ter tudo de que precisar.

Se, querido pai, estas linhas ainda o encontrarem no mundo dos vivos, eu ficaria mais do que feliz em ter notícias suas. Nos últimos anos escrevi-lhe muitas cartas, em diversos momentos, e ainda assim o senhor parece relutar em se corresponder comigo. Cheguei à conclusão de que o senhor me repudiou por algum motivo, cuja origem talvez seja algum tipo de vergonha. Será que alguém envenenou sua mente contra mim? Se estas linhas o encontrarem bem de saúde, mande-me, por favor, uma resposta o mais rápido possível. Meus pedidos de ajuda, em nome de todo o povoado, devem ter sido mal recebidos, pois o senhor nunca mandou nada para aliviar minha atual situação. Como todos os países jovens, este passa por muitas dificuldades, e um pouco de gentileza de sua parte me seria de muito valor. Se o senhor tivesse me mandado sementes de qualquer natureza, eu teria feito bom proveito delas. Produzi relatos bastante extensos, para que o senhor não tivesse a menor dúvida das dificuldades que encontramos aqui. Meu coração sofreu profundamente com a escolha do senhor de ignorar meu pedido de voltar aos Estados Unidos para prestar uma homenagem à minha falecida mãe e aproveitar para rever velhos amigos. Tenho poucas chances de me relacionar com imigrantes conhecidos por aqui, pois a maioria dos que conhecem o senhor está espalhada pelo país, alguns no interior, a maioria na capital. Assim, na falta de notícias, diariamente me pergunto sobre aqueles que, do outro lado do Atlântico, temo constantemente que já tenham partido deste mundo.

Foi só na semana passada que tive a chance de ir a Monróvia, para visitar alguns amigos, brancos e negros. No entanto, não só eu não soube de novidades como aparentemente algumas das minhas atuais questões domésticas devem ter ofendido aqueles que veem os Estados Unidos como um baluarte da civilização, um exemplo de tudo o que deve ser admirado. Não estamos na África? É isso o que sempre pergunto aos negros. Mas, parece, eles acham que eu só estava querendo justificar meu estilo de vida *nativo*. Contra-argumentei deixando claro que não preciso explicar nada a ninguém, pois, entre os imigrantes, sou certamente o mais orgulhoso de minha raça, mas logo me vi rejeitado pelos próprios americanos, muitos dos quais debocham em particular da civilização americana, enquanto em público exibem a postura e os modos das pessoas que voltaram para casa. Percebi, então, que seria melhor para minha saúde se eu desse aquela conversa por encerrada, me retirasse e voltasse para a segurança de meu povoado no rio Saint Paul.

É chato ter de dizer isto, mas, antes de me retirar da capital, pude ver que, atualmente, o tema que domina as conversas é aquele velho e imutável de sempre, a escravidão. É difícil se passar uma semana nesta costa da África sem ouvir o relato de que algum traficante está se lançando ao mar com sua pobre carga, protegido sob o manto da bandeira americana. Se o bastião fosse outro, os marinheiros ingleses capturariam esses navios alegre, e rapidamente e libertariam todos os passageiros negros. Para a maioria dos homens de cor que vivem aqui em liberdade e que queriam que a liberdade englobasse todo o continente africano, terra de nossos antepassados, esse protecionismo americano é uma verdadeira desgraça para a nossa dignidade e ainda mancha o nome do país. O hasteamento de outra bandeira dificilmente teria menor potencial ofensivo, mas decidirem erguer a bandeira de nosso país, aí realmente já é demais. Infelizmente, ainda há mais o que dizer no tocante à escravidão. Pelo visto os traficantes de escravos estão estabelecendo feitorias em outras partes da Libéria, astuciosamente localizadas mais adiante no litoral, na expectativa de evitar os olhares dos curiosos. Recentemente, o governador expulsou um desses bandidos, sob a alegação de que ele não tinha o direito de negociar escravos naquele território e ordenando-o, sob ameaça de punição, que se encerrasse a feitoria em tantos dias. No entanto, o homem simplesmente desobedeceu o acordo, e assim a feitoria foi destruída e quarenta barris de rum foram despejados no solo. Existem pessoas em Monróvia que lucram esplendidamente com essa forma de *negócio* e que preferem ignorar a existência de atos tão vis e das punições que recebem, mas, na verdade, os problemas da escravidão continuam a nos atormentar, mesmo aqui, no seio da liberdade.

As chuvas continuam se abatendo sobre nós e o céu continua a abrir seu coração e a despejar suas lágrimas sobre toda a terra que nossa visão alcança. Mestre, o senhor me recebeu em sua casa quando eu ainda era menino e me ensinou a ser um homem civilizado. Sob sua tutela adquiri todos os conhecimentos que tenho, por mais rústicos que possam ser, nos ofícios de ler e escrever. Por que me abandonou? Há muitas coisas que não posso discutir com minha esposa nativa, pois seria impróprio compartilhar com ela as lembranças do que eu era. Para ela, eu sou o que ela encontrou aqui na África. Se isto deve ser um adeus, então que seja com doses iguais de amor e respeito. Preciso terminar estas apressadas linhas dizendo que continuo sendo seu filho afetuoso.

                                                      Nash Williams

Exatamente quando Edward parecia estar totalmente recuperado, viu-se acometido de mais uma febre grave e de todos os tremores que a acompanham. Arrastou seu corpo frágil para a segurança de sua cama e, enquanto o médico colocava uma toalha fria em sua cabeça, cerrou os olhos vermelhos. Lamentavelmente, a febre teimosa se recusava a passar e o misericordioso sono fugia dele, enquanto seu cérebro corria em todas as direções. Quando o sono finalmente chegou, foi logo destruído por demônios que espicaçavam suas lembranças como se elas fossem feridas abertas. Por consequência, à noite ele decidiu permanecer deitado, totalmente imóvel, a toalha agora quente queimando-lhe a testa, a barba irritando-o e quase o enlouquecendo; ficou simplesmente olhando para fora pela janela e vendo o céu escuro do continente africano. O calor abafado daquele clima dos diabos grudava em sua pele como um cobertor de lã, e ele era sempre visitado por aquele convidado indesejado que era a sede. Edward rezou com ardor e devoção para que aqueles dias e noites de enorme aflição fossem abreviados e para que sua saúde fosse prontamente restabelecida.

Algumas semanas depois, com seus movimentos traindo bem pouco da doença que o acometera, Edward pôde voltar a andar sozinho. O médico disse-lhe que agora estava aclimatado e que, apesar de ter de continuar atento em relação às várias doenças que assolavam a costa oeste africana, seus piores temores já haviam passado. Edward se hospedou provisoriamente perto do porto e começou a indagar como poderia entrar na Libéria. Um comandante holandês que por sorte estava bebendo na mesma taverna que Edward informou-lhe que, enquanto ele se digladiava com a febre, qualquer disputa que tivesse ocasionado o rompimento de relações entre Serra Leoa e a Libéria havia sido contornada com sucesso. Aparentemente, tudo o que ele tinha a fazer era esperar chegar um navio que aceitasse transportá-lo. Edward agradeceu ao cavalheiro e ouviu quando o som triste e prolongado de uma corneta tocada no parapeito de uma fortificação inglesa anunciou o fim do dia. Enquanto a última nota se esvaía sobre o mar, ele esvaziou sua caneca, pegou a bengala, tocou no chapéu em cumprimento e retirou-se para o quarto que alugava, onde dormiu e sonhou profundamente e passou uma noite abençoada, sem suores.

Na tarde seguinte, Edward contratou os serviços do primeiro imediato de um navio mercante americano. O experiente *lobo do mar* informou-lhe que eles zarpariam na maré noturna, o que significava que Edward tinha pouco tempo para a preparação espiritual pré-viagem. Ele simplesmente correu até o quarto, juntou todas as suas coisas, pagou o senhorio e contratou um nativo forte para levar as caixas com seus objetos pessoais até o barco. A lua brilhava na face enrugada do mar e um vento cortante inflava as velas da embarcação. Edward se acomodou e decidiu que passaria a maior parte do tempo no convés junto às bagagens, aspirando fortemente o ar salgado do mar e observando os reluzentes cardumes de peixes que corriam dos dois lados da embarcação. Seu interior estava tomado por uma estranha serenidade, e uma paz profunda se abateu sobre ele, no mínimo tão tranquilizadora quanto qualquer outra que ele já tinha sentido na vida, embora ele desconhecesse a origem e o objetivo desse estado estranhamente contemplativo. Mentalmente recordava cenas da vida de Cristo, mas ainda assim descobriu que mesmo nos momentos de maior adversidade que Cristo enfrentou, como ao ser traído por Judas, ou ser conduzido até a cruz, o rosto do Senhor jamais perdeu a pureza e a compaixão. Edward se perguntou se essa paz não seria um presságio de morte iminente, mas quando esse pensamento surgiu em sua cabeça ele redobrou as forças e logo o expulsou.

Simplesmente não havia jeito de saber se o homem por quem ele ansiosamente desejava ser recepcionado — a saber, Madison Williams — recebera a carta informando a intenção de Edward de partir para a Libéria e avisando-lhe da semana prevista para sua chegada. Depois do esgarçamento de sua relação com aquele homem difícil, quando ficara claro para todos que um escravo mais novo, chamado Nash, havia suplantado Madison na afeição do senhor, Madison, um homem orgulhoso e forte tanto em personalidade como em compleição física retirara-se da casa e, na privacidade da aldeia dos escravos, intensificara seus esforços de conhecer mais a Bíblia e também de ler e escrever. Depois de quase dois anos rejeitando as muitas tentativas de reconciliação por parte de Edward, talvez reconhecendo que o motivo para tanto era o remorso de seu senhor por ter se deixado guiar por emoções volúveis, um Madison muito sóbrio se apresentou na casa e pediu uma audiência com Edward. Quando este apareceu, Madison anunciou que agora se considerava um homem suficientemente educado e conhecedor dos ensinamentos de Deus para ganhar sua liberdade e uma passagem para o novo território africano da Libéria. Edward, que havia muito desejava fazer um gesto de amizade por Madison, concordou rapidamente com o pedido e perguntou se havia mais alguma coisa que poderia fazer por ele. Madison balançou negativamente a cabeça com força, curvou-se e se retirou. Logo depois, pôs-se a fazer os preparativos para a viagem à África. As cartas subsequentes que ele enviou a Edward eram breves mas gentis. Por meio delas, Edward descobriu que Madison havia se estabelecido em Monróvia e ganhava a vida como um pequeno comerciante; vendia óleo de palma, arroz, sândalo africano e peles de animais para os navios europeus e americanos que passavam por ali. Enquanto seguia em sua breve viagem, Edward chegou à desconfortável conclusão de que, talvez por causa do calor de seus primeiros encontros, ou talvez por isso e pelo fato adicional de que a passagem do tempo servira para Edward cortar relações com muitos de seus ex-criados, Madison agora era a única pessoa na África em quem ele podia confiar. Aliás, fora para Madison que ele se voltara imediatamente quando recebera os lamentáveis detalhes da última e abrupta mensagem de Nash. Agora ele não tinha alternativa, teria de depositar toda a sua confiança nesse homem.

Foi ao alvorecer que Edward viu Monróvia pela primeira vez, mas isso certamente não fez seu coração pular de alegria. Na verdade, ele se sentiu repentinamente tomado por um mau presságio. O mar estava calmo e belo e circundava certo número de pequenas ilhas. Mais à frente, as águas quentes batiam na praia, onde as marolas beliscavam a costa com suas espumas brancas, porém mais além só havia pobreza. Edward olhou para o amontoado de cabanas quadradas, aparentemente de madeira e barro, as paredes inclinadas como bêbadas para o norte ou para o sul, muito mal cobertas com capim e folhas de coqueiro, ou frondosamente coroadas com ferro retorcido. Atrás dessas casas, tudo o que se podia ver era um horizonte de florestas que parecia mascarar uma enorme e infindável selva, onde nada se movia e cujo único som que emanava era um triste uivo de silêncio. Enquanto Edward contemplava, agarrado ao parapeito, seria impossível para alguém que o visse acreditar a que nível de solidão ele se rebaixava agora. Fitou o céu e viu nuvens de chuva começando a se formar e a flutuar como se fossem grandes navios, embora àquela altura ele já tivesse entendido que a chuva naquela parte do mundo não era nada além de uma precursora do calor que vinha a seguir. Do continente, não vinha sussurro algum, nem qualquer tipo de movimento do amontoado de residências maltrapilhas que beiravam a praia. Um desanimado Edward inclinou-se mais para a frente e fixou o olhar no mar profundo.

Em menos de uma hora o navio havia ancorado no porto africano de Monróvia, e os passageiros e a carga foram sendo levados a *terra firma* com o auxílio de uma frota de pequenos botes. Enquanto sua embarcação primária abria caminho sobre as ondas, Edward divisou os barcos de pesca, as redes suspensas em postes altos, secando ao sol antes de serem lançadas de novo ao mar, e chegou à conclusão de que aqueles barquinhos comerciais eram muito mais bem preparados para enfrentar o mar do que o meio de transporte em que estava. Felizmente, o vento suave apenas acariciava a superfície do oceano, caso contrário, tinha certeza absoluta, tanto ele como a bagagem já teriam sucumbido ao oceano. Chegando a terra firme, Edward levou um lenço ao nariz e à boca para evitar sentir o cheiro fétido do ar da África, mas o enxame de mosquitos que de repente apareceu só podia ser combatido com tapas na própria pele, até o braço ficar totalmente ornamentado de picadas vermelhas. De repente havia nativos e negros americanos por toda parte, ansiosos em dar boas-vindas ao novo navio, e faziam uma verdadeira algazarra. Edward os analisou, especialmente os nativos, os corpos seminus cobertos de músculos fortes e definidos, mas entre eles não havia ninguém em quem pudesse perceber ter sido mandado por Madison. Então o tempo (cujos excessos eram a única coisa que podia ser prevista), de repente, sem aviso, transformou-se, e a chuva desabou dos céus. Em momentos assim, era costume que um cavalheiro cristão compreendesse que um temporal desses, apesar de inconveniente para os seres humanos, inevitavelmente trazia grandes bênçãos e satisfação às árvores, às plantações e a toda a vegetação de Deus. No entanto, a tempestade repentina só serviu para irritar Edward, que, seguindo o exemplo dos outros à sua volta, deixou suas caixas de lado e seguiu decidido para o abrigo de uma palmeira que havia por ali, cujas folhas pendiam moles como se estivessem exaustas de vários dias de calor. Edward examinou o tronco cinza e firme e passou o dedo nas linhas que subiam como cicatrizes fechadas. A chuva agora aumentava em volume, e Edward percebeu que estava ilhado de fato, até que o vento decidisse se erguer e afastar as nuvens para outro lugar da África.

Quando a chuva cessou, Edward deixou seus pertences com um rapaz negro americano que ele acreditava não ter mais do que 20 anos e que lhe parecia um ser humano decente. O rapaz perguntou ao *senhor* em que direção eles deveriam ir. Edward, que ainda carregava em si uma vaga esperança de poder localizar um antigo escravo no meio daquela turba no cais, agora se via na lamentável situação de ter de pedir um conselho ao seu subordinado temporário. Questionado, parecia que o rapaz conhecia alguns bons estabelecimentos de hospedagem onde pessoas de cor branca poderiam se acomodar com conforto. Edward achava que seria difícil conseguir um local assim, porque a ideia era a Libéria se estabelecer como um lugar de negros livres, e Edward imaginava que os homens brancos que se atrevessem a cruzar o mar para ir até ali teriam poucas opções além de se juntar aos negros civilizados e compartilhar com eles todo tipo de ambiente, inclusive os mais básicos para a humanidade. Ele também achara que essa política certamente impediria que alguns homens brancos muito *senhores de si*, comerciantes ou marinheiros, prolongassem demais sua estada na Libéria, se é que eles chegariam a aparecer por lá, porém pessoas mais liberais haviam justamente argumentado que talvez não fosse esse o tipo de gente que o país quisesse atrair. No entanto, o empregado de Edward lhe garantiu que havia acomodações apropriadas para cavalheiros brancos.

Sobrecarregado pelos pertences de Edward, o rapaz de cor levou seu *senhor* por entre as ruas malcuidadas de Monróvia. Edward não pôde deixar de perceber o que para ele eram condições deploráveis e manteve o lenço preso ao nariz e à boca, para se proteger do cheiro realmente podre que trespassava o ar. Já os outros, porém, tanto negros como brancos, pareciam pouco incomodados com a atmosfera, o que levou Edward a especular se também ele, passado algum tempo, acabaria se acostumando ao ambiente totalmente insalubre da África. A estalagem a que o rapaz o levara tinha várias semelhanças com a de Serra Leoa, onde pouco antes ele se hospedara. Era uma construção simples de madeira, de dois andares. Uma leve mão de tinta branca e uma pequena varanda davam-lhe um ar majestoso. O rapaz de cor parou e colocou as caixas no chão, como se não tivesse certeza de haver feito uma boa escolha, mas, com um simpático aceno de cabeça, Edward deixou claro que o ambiente era totalmente aceitável.

O quarto era esparsamente decorado, mas com bom gosto. Edward olhou para o mosquiteiro, que cercava muito bem a cama, e imaginou que, sem sombra de dúvida, aquele seria o elemento mais importante do ambiente. A janela dava para um pequeno pátio, onde o barulho do comércio, segundo o estalajadeiro negro, poderia se mostrar ligeiramente ensurdecedor durante o dia, mas à noite não haveria som ou cantoria que atrapalhasse o sono do novo hóspede. O homem se retirou e deixou Edward sozinho com o rapaz. Foi então que Edward achou apropriado perguntar se o rapaz tinha esposa ou namorada. Ele sorriu timidamente ante a pergunta e balançou a cabeça em negativa. Edward examinou o jovem: o corpo perfeito, o tórax forte, as pernas vigorosas, e se sentou num canto da cama. O rapaz continuou de pé, embora passasse o peso de uma perna para a outra, nervoso, sem saber o que o homem branco esperava dele. Edward, sentindo o desconforto do outro, simplesmente se inclinou para a frente e perguntou-lhe o nome. O rapaz desviou os olhos e, cerrando as pálpebras, sussurrou apenas:

— Charles.

— Ah, sim — disse Edward, levantando-se. — Charles, vou tirar um rápido cochilo. Talvez você pudesse localizar para mim o paradeiro de um certo Madison Williams, que foi escravo em minha lavoura e que agora, pelo relato dele, mora por aqui.

Nessa hora, Edward pegou um pedaço de papel e esticou a mão. No entanto, antes que Charles pudesse pegá-lo, Edward puxou o papel de volta e perguntou se o rapaz sabia ler. Recebendo a resposta de que certamente sim, Edward voltou a oferecer o papel, que Charles pegou.

— Depois que localizar Madison Williams, você vai informá-lo de que desejo encontrar-me com ele na primeira ocasião possível, está certo?

Charles fez que sim com a cabeça e se curvou, calado. Depois, sem retirar os olhos do novo patrão, saiu do quarto e fechou a porta devagar atrás de si.

Horas depois, Edward ouviu batidas leves em sua porta e pulou da cama, espantado com a interrupção desavisada de seu sono. Percebendo que devia ser Charles, de volta com notícias de Madison, dirigiu-se ao emissário negro, dando ordens para que ele não fosse embora. Jogou sobre si um pijama largo, abriu a porta devagar e deixou que Charles entrasse; parecia um cordeirinho. Edward achou melhor não falar nada e dar a oportunidade ao jovem, o que se revelou a decisão correta. Tão logo a porta se fechou atrás dele e Edward o levou até a cadeira, Charles começou a contar sua história e a decepção que sentira. Pelo que relatou, tivera pouca dificuldade para localizar a casa de Madison, mas quando chegara lá havia descoberto que a residência se encontrava em estado de abandono. Não que estivesse avariada ou destruída pela natureza. Só parecia que, quem quer que a tivesse ocupado, havia partido às pressas. Ficando na ponta dos pés para olhar para dentro pela janela, Charles pudera ver que tudo havia sido deixado numa bagunça. Fora nessa hora que Charles havia sido interpelado por um homem bem-vestido em companhia da esposa, que, apontando um guarda-chuva na direção do rapaz mais jovem e menos experiente, exigiu uma explicação para aquele comportamento. Charles gaguejou um pouco antes de informar que fora seu *senhor* que o enviara até ali com uma mensagem para Madison Williams. Ao ouvir isso, o homem bem-vestido confirmara que Madison realmente havia saído às pressas, para cuidar de algum assunto rio acima, cuja natureza o cavalheiro não sabia informar. Ele fora gentil ao dar essa informação e afirmara também que, pelo que imaginava, seu amigo Madison voltaria a Monróvia em no máximo dois dias, já que era fora do comum ele deixar sua *casa* por um período tão prolongado. Edward ouviu com atenção tudo que um animado Charles lhe contou, seus olhos nunca deixando o rosto do jovem. Quando o relato chegou ao fim, Edward se levantou, enfiou a mão no bolso e colocou uma moeda com força na mão de Charles, que por sua vez balbuciou um agradecimento qualquer e se preparou para sair. Edward informou ao jovem Charles que ele deveria visitar a casa de Madison três vezes por dia, de manhã, ao meio-dia e no fim da tarde, até que o sujeito voltasse. Quando ele aparecesse, Charles deveria informá-lo imediatamente de que seu ex-senhor solicitava um encontro com ele o mais breve possível. Nesse meio-tempo, se Charles quisesse alguma coisa, deveria comparecer aos aposentos de Edward, na hora que lhe aprouvesse, e revelar, sem qualquer temor ou constrangimento, todas as suas necessidades. E, com isso, Charles expressou sua gratidão, prometeu fazer o que lhe fora ordenado e se retirou do quarto.

A noite caiu rapidamente. Edward, morrendo de calor e com o suor escorrendo-lhe pelas axilas e pelas laterais do corpo, examinou sua tez cinzenta, analisando a barriga com desgosto, lá onde a pele mais parecia tinta enrugada. Depois da saída de Charles, ele tinha dormido de novo, mas dessa vez fora sufocado por uma série de sonhos desagradáveis e acordara furioso, enrolado no lençol como se tivesse lutado contra a cama enquanto dormia. Na certeza de que o sono não viria por mais algumas horas, vestiu-se rapidamente, parando apenas para verificar o próprio corpo envelhecido e ouvir um rato correndo pelas tábuas finas do teto. Depois, satisfeito por estar vestido de maneira adequada, desceu às ruas em busca de algum tipo de diversão. Naquela parte da África, parecia que tanto o alvorecer como o anoitecer eram rápidos e ambíguos, como se não houvesse tempo a perder, e Edward logo se viu tomado pela tristeza. A distância ele ouvia o barulho tranquilo do mar se renovando constantemente e ecoando na noite. Então, enrijeceu-se momentaneamente, com medo, quando um cachorro com água escorrendo-lhe pelo olho infeccionado surgiu calmamente em meio à escuridão e encarou Edward, esperando receber algum alimento. Edward olhou feio para ele e pensou até em atirar-lhe um pedaço de pau, pois considerava indigno pedir, e por isso considerava os cachorros repugnantes.

Parando na primeira taverna que encontrou, olhou para a porta aberta e gostou de ver que quase não tinha clientes ali. Entrou, tirou o chapéu e sentou-se à mesa mais próxima. Com a bengala, fez sinal para o rapaz, que veio rapidamente, mais do que animado, de um modo quase infantil, ao ver que seu cliente era um cavalheiro branco. Edward fez seu pedido e repassou mentalmente o problema de seu ex-escravo Nash. O fato de ele próprio ter banido não só Nash, mas também muitos de seus outros escravos, para aquele fim de mundo pagão e inóspito o perturbava profundamente. O atendente chegou com uma caneca de cerveja cheia de espuma, ao que Edward o recompensou com uma generosa moeda. O bufão sorriu e retirou-se para um canto, e Edward tomou um gole da cerveja com cuidado, o cotovelo pendendo como uma dobradiça quebrada. Talvez, pensou, esse negócio de incentivar os homens a se confrontar com um passado e uma história que não era realmente deles não seja mesmo uma boa ideia. A chama da vela tremulou, as sombras dançaram na parede branca de pedra e Edward voltou a sorver a cerveja. Ocorreu-lhe que talvez a febre, as noites insones, o carrilhão de emoções a que estivera sujeito desde que chegara à África não fossem nada complexo, apenas manifestações de sua profunda sensação de culpa.

Num esforço em vão para exorcizar o desespero daquele momento, e, se possível, garantir um sono tranquilo e sem demônios, Edward levantou a mão e chamou o rapaz de novo. Mais ou menos uma hora depois, com o corpo bem refrescado pela bebida e se arriscando a ser xingado por deixar uma caneca pela metade, Edward conseguiu sair e ir na direção do porto. Chegando lá, olhou para o mar tranquilo, a lua brilhando sobre a água de tal maneira que o mar parecia uma caixa de joias reluzentes. Então chamou-lhe a atenção o ecoar de um salto alto no calçamento e sonoros protestos de uma mulher que declamava frases malucas, como se estivesse representando um papel idiota que ela houvesse escrito para si mesma. Acreditando que fosse uma prostituta irlandesa, por causa do sotaque, Edward fitou-a, enquanto ela se desvairava em sua nuvem de indignação ferida, o pó de arroz espesso em seu rosto cortado por rios de lágrimas, a boca retorcida, e ele sentiu doses iguais de pena e desespero.

Na manhã seguinte, os gritos dos mercadores e os latidos incessantes dos cães acordaram-no de um sono difícil. Ele deixou escapar um longo suspiro e olhou para a pequena janela, pela qual pôde ver que aquele céu azul-claro e sem nuvens prometia um dia absurdamente quente, pelo menos tanto quanto ele já havia suportado. Virou-se na cama, tomando o cuidado de não mexer no mosquiteiro, e percebeu que na noite anterior esquecera de apagar a vela. Um bolo de cera transbordava no pires. Então, depois que uma série de tosses secas tomaram conta de seu corpo, Edward saiu depressa da cama e se serviu de um copo d'água. Sentado na ponta de uma cadeira, acalmou a garganta com mais um copo e se perguntou se Charles, o rapaz, havia deixado alguma mensagem para ele. Abandonando o desejo de dormir mais um pouco, vestiu-se rapidamente e procurou o estalajadeiro para indagá-lo a respeito. Localizado o anfitrião, foi informado de que não havia qualquer mensagem e que Charles nem nenhuma outra pessoa passara para visitá-lo, o que fez Edward entrar em pânico e se perguntar se seu mensageiro negro havia decidido abandoná-lo, fosse lá por que motivo. Optando por não perder tempo com pensamentos pessimistas, perguntou ao estalajadeiro se haveria um clube em que pudesse ficar na companhia de homens brancos e trocar algumas palavras com eles, raciocinando que, se tivesse mesmo de passar mais tempo naquele ambiente selvagem, pelo menos poderia se deleitar com alguns dos prazeres que uma companhia civilizada poderia proporcionar à sua infeliz estada. O negro, fechando o rosto e baixando os olhos, informou a Edward que conhecia um clube colonial cujos membros, como ele os chamava, eram *senhores*.

Munido de instruções sobre como chegar ao lugar, que, aliás, não ficava muito longe, Edward partiu cidade adentro, com o sol sobre seu corpo como um grande lampião. Pôde sentir uma camada de suor se formando na testa e escorrendo pelas têmporas e mais algumas gotas saindo pelo septo nasal e indo até o queixo e o colarinho. Tirou um lenço e limpou furiosamente o rosto enquanto andava. Depois de localizar a porta do clube, ergueu o batedor de bronze e bateu três vezes com força. Um homem negro, nitidamente de origem americana, atendeu-o perguntando o que desejava, ao que Edward respondeu que fora levado a acreditar que aquele era um clube de cavalheiros para brancos. Como visitante no país, ele simplesmente queria um pouco de companhia e informações sobre como eram feitas as coisas por ali. Ficou surpreso ao descobrir o nível de amargura que essa experiência trouxe à sua alma. Nunca na vida precisara explicar ou perguntar nada a um homem de cor, de forma que ter de fazer isso agora para poder ter acesso à companhia de outros homens brancos era extremamente difícil. O negro ouviu com atenção e anunciou que voltaria em breve, uma resposta dada para frear, e não para incentivar, mais perguntas. Fechou a porta, deixando Edward esperar na rua como um mendigo.

Momentos depois, a porta foi aberta pela mesma pessoa, e Edward foi levado para dentro de um vestíbulo confortável e bem decorado naquela casa de tijolos. Foi só quando viu as gravuras e outros objetos que decoravam a parede que ficou claro que aquele devia ser o domicílio de um dos diretores da Sociedade de Colonização Americana. Ele seguiu o criado até a sala de estar, abarrotada de livros e jornais, poltronas e sofás bem acabados. Três homens brancos, com a pele escurecida de tanta exposição ao sol, levantaram-se quando ele entrou; cumprimentos foram distribuídos e perguntas foram feitas. Um vinho já aberto foi servido num copo, que então foi colocado na mão ansiosa de Edward. Seguiu-se então quase que um interrogatório, em que um cauteloso Edward contou sua história para aqueles que iam e vinham e procurou, igualmente, conhecer a história daquelas pessoas, sempre voltando à pergunta central de como é que todos eles tinham ido parar naquele lugar tão distante da civilização. Trocaram-se casos e lembranças esmaecidas e tentou-se, de alguma maneira, ordená-los por dia e lugar. Edward ficou para almoçar, depois para o café, mas achou melhor se retirar antes do jantar, pois a essa altura temia que a notícia de sua tragédia pessoal já tivesse atravessado as águas e chegado aos ouvidos daqueles cavalheiros. Achava que, antes que as pessoas começassem a ficar ansiosas por fazerem suas confissões, ele deveria pedir sua bengala. Levantou-se, então, agradeceu calorosamente pelo dia esplêndido e se pôs a caminho de seu alojamento.

Ligeiramente alegre por conta do vinho, um Edward quase eufórico perguntou ao estalajadeiro se Charles havia dado o ar de sua graça, só para ser informado de que, até o presente momento, não havia sinal do jovem mensageiro. Edward voltou a seu quarto quente e abafado com uma garrafa de Bordeaux e o humor transtornado pela notícia. Dormindo sem querer, viu sua mente ser invadida por imagens de Amelia, o rosto decorado com enormes chagas nas quais moscas e outros bichos se embebedavam galhardamente. Quando o sol começou a nascer, Edward acordou todo suado e jogou os lençóis para longe do corpo. Lágrimas embebiam seus olhos, porque realmente o amor que ele sentia por Amelia havia infeccionado e se impingido de uma autopiedade que era meia-irmã de um ódio contra si mesmo. Tudo o que ele queria era receber o amor incondicional de um filho, será que ela não conseguia entender isso? Ele olhou envergonhado para as lesões arroxeadas que ornamentavam várias dobras de sua pele e percebeu que os anos haviam se passado, asfixiando-o como neblina. O que poderia fazer agora a não ser submeter-se à esqualidez indiferente da idade e entregar-se aos velhos temores? Deixou os pés caírem ao lado da cama e roçarem o piso de madeira. E decidiu que se Charles não aparecesse até o fim daquele dia, iria ele próprio à casa de Madison Williams procurá-lo. Nesse ínterim, se dedicaria à segunda melhor coisa que havia para se fazer: passar mais um dia na companhia de seus civilizados compatriotas.

Enquanto se vestia, seus pensamentos se voltaram novamente para Amelia. Estava claro que ela detestaria essa África a que Edward agora estava preso. Ele também percebera, no clube, que a falta de mulheres brancas civilizadas por aqueles lados só teria servido para deixá-la ainda mais desconfiada de tudo que fosse africano. Não só teriam os curiosos — e talvez desesperados — olhares brancos percorrido o universo de seu corpo, como os olhos negros a teriam transformando em objeto de atenção indesejada. Edward fechou o armário, caiu de joelhos e rezou ao Senhor para que lhe perdoasse sua indiferença em relação a Amelia, porque, na verdade, ele não lhe pretendera causar mal algum. O fato de ela ter chegado ao ponto de sabotar a amizade do marido com Nash, destruindo as cartas recebidas, fora uma descoberta dolorosa para Edward, mas ele não conseguira encontrar em seu coração as forças para perdoá-la? Sua acusação de que, com a partida de Nash, ele estava se fazendo de idiota ao demonstrar afeição demais a um jovem criado, também isso ele não havia perdoado? O fato de ela posteriormente ter optado por fugir de casa, depois enlouquecido e decidido deixar este mundo pelas próprias mãos era uma tragédia cuja responsabilidade não poderia ser depositada aos pés de Edward. Evidentemente que seu querido Pai sabia disso, não? Um Edward seminu pegou a Bíblia e com os dedos nervosos virou as páginas até encontrar o versículo que queria. Depois, com o corpo arrasado queimando de fé, decidiu recitá-lo em voz alta.

Mais tarde naquela mesma manhã, tendo dado instruções ao estalajadeiro de que ele deveria de todas as formas segurar Charles se por ventura o rapaz aparecesse por ali em sua ausência, um Edward um tanto desanimado saiu à rua e fez mais ou menos o mesmo caminho do dia anterior. Quando chegou ao clube, pegou o batedor de bronze e tocou três vezes, ao que o mesmo homem de cor da primeira vez apareceu à sua frente. Só que desta vez ele informou que os membros do clube haviam, na noite anterior, convocado uma reunião extraordinária que durara até de madrugada e haviam estabelecido que, enquanto estivesse naquele litoral, Edward não seria bem-vindo ali, seja como membro ou mesmo como visitante. Edward ficou olhando para aquele criado engomado e perguntou se poderia saber o motivo disso, mas o homem de cor, endireitando o colarinho como fosse uma marca da própria importância, simplesmente olhou para ele da forma como o faz alguém cuja função é apenas anunciar uma decisão e não compartilhar com o infeliz receptor da mensagem todos os caminhos que foram percorridos para se chegar a tal conclusão. Edward permaneceu ali por um minuto, coçando a pele sob o olho, e então, percebendo que não estava avançando, deu meia-volta, procurando evitar o vexame de ver a porta ser fechada em sua cara.

Chegou à estalagem, com a mente entorpecida, e viu Charles de pé com um homem muito bem-vestido, mas cansado de uma longa viagem, e logo percebeu tratar-se de Madison Williams. Imediatamente, a tristeza de Edward se arrefeceu e ele cumprimentou firmemente seu ex-escravo, que, a julgar pelas aparências, estava muito bem em seu papel de homem livre. Dispensou Charles com uma moeda, como sempre, mas o jovem parecia um pouco triste e perguntou se haveria mais alguma maneira de ele poder servir ao *senhor*. Estava claro que a rápida dispensa de Edward havia atingido o jovem como uma chicotada, e a dor agora se espalhava por todo o rosto do rapaz, que praticamente lhe implorava que fosse mais gentil com ele. Edward amenizou a postura rígida e disse que, se ele quisesse, poderia voltar no dia seguinte; com isso, um Charles mais aliviado sorriu, fez que sim alegremente e saiu. Ansioso para não perder mais tempo, Edward pediu ao dono da estalagem que preparasse vinho e comida para Madison e para si, que eles iriam comer imediatamente. E assim eles subiram para o quarto de Edward, fez sinal para Madison ficar à vontade na cadeira mais confortável.

Enquanto seu ex-servo se sentava diante dele, Edward não pôde deixar de perceber nele uma postura muito formal, a testa franzida. Madison se inclinou para a frente. Falou com todo o cuidado, como se estivesse com medo de não ser bem compreendido:

— Senhor, Nash Williams morreu.

Edward recuou um pouco, como se tivesse levado um soco.

— A febre o chamou para o reino dos céus. E ele foi cremado, seguindo a tradição local. Isso foi o que descobri no lugar de onde, felizmente, acabo de chegar.

O longo silêncio se aprofundou ainda mais. Edward ficou olhando para Madison e não tentou reter as lágrimas que agora escorriam por seu rosto. Os instantes passaram e Madison se levantou. Nessa hora, Edward passou a mão no rosto.

— Eu vou voltar com mais notícias — disse o negro.

E, sem esperar novas instruções, retirou-se, fechando a porta atrás de si. Minutos depois, o dono da estalagem bateu à porta com a comida e a bebida, mas Edward simplesmente disse que não iria comer nada e se afundou ainda mais na tristeza. Nash Williams, o garoto que ele tirara dos campos e colocara em sua casa, o garoto que conquistara seu amor, dado livremente, que lhe obrigaria a conviver com toda a dor e a confusão que acabaram se revelando forte demais para Amelia suportar, esse Nash Williams deixara de existir? E ele, Edward, depois de viajar meio mundo só para estar com Nash... deveria fazer o quê?

Edward passou o resto do dia, e a noite inteira, sentado ereto na cadeira, a mente angustiada girando em todas as direções possíveis, mas sempre tropeçando em recônditos cegos, sem significado algum. De manhã, Madison voltou e encontrou o ex-senhor na mesma posição em que o havia deixado, embora pudesse observar, a julgar pelo olhar fixo e perdido de Edward, que houvera um declínio considerável em seu estado mental. Ele se sentou em frente a Edward, mas seu ex-senhor apenas o olhou como se ele não estivesse ali. Madison falou baixinho e longamente sobre o último assentamento em que Nash vivera e sobre os muitos problemas que ele tivera de enfrentar ao optar por viver entre os nativos, mas Edward continuou em silêncio. Por algum tempo, eles simplesmente ficaram olhando um para o outro, cada um prisioneiro de seus pensamentos mais íntimos. Então Madison pôs a mão no bolso e puxou uma carta. Informou a Edward que Nash colocara a missiva nas mãos de Madison, com a condição de que ele entregasse a carta pessoalmente ao seu antigo senhor, e só a ele, mesmo que isso significasse ter de atravessar o Atlântico e voltar aos Estados Unidos. Nessa hora, Edward passou a olhar com mais atenção.

— Nash não sabia que eu estava vindo?

Madison cerrou um pouco os olhos.

— O senhor não quis escrever para ele. — Madison fez uma pausa. — E na hora em que eu o encontrei, ele estava a poucas horas da morte.

Edward baixou os olhos e murmurou:

— Quero ir até onde ele morava. — Madison lançou-lhe um olhar de deboche. — Preciso ir até lá.

Madison não disse nada. Só segurava a carta.

— É para o senhor — disse. Fez uma pausa. — Prometi a Nash que a entregaria pessoalmente.

Edward pegou a carta e olhou para o envelope. Apertou-o nas mãos com cuidado.

— Preciso ir até o lugar onde ele morava.

Madison se levantou.

Rio Saint Paul, Libéria
3 de janeiro de 1842

Querido pai,

    Apesar de meus protestos anteriores, volto a pegar papel e caneta numa última tentativa de me comunicar com o senhor. Para mim, este procedimento é humilhante e não consigo enxergar que mágoa posso ter-lhe causado para justificar o abandono tão cruel de alguém que já lhe foi tão íntimo, no caso eu mesmo. Tenho muito a contar, mas, sem saber o quanto isso vai lhe interessar — se é que vai lhe interessar —, pretendo ser breve.
    Minhas três esposas (pensei até em ter uma quarta, mas essa despesa está além de minhas posses) vão muito bem, assim como as crianças. Seis, no total, todas recebendo lições de alfabetização bastante criteriosas, uma responsabilidade que lhes cai muito bem. Além disso, elas recebem das mães ensinamentos da língua africana, assim como eu. Tenho a necessidade de entender corretamente o idioma dos nativos aqui de onde resido, e as in-

conveniências, os sofrimentos e as humilhações que sofro para aprender certamente valem a pena, pois poder me comunicar livremente com os que aqui moram facilita a minha vida. Que as crianças aprendem mais depressa e com menos timidez do que os mais velhos, isso é algo provado diariamente, quando estamos sentados juntos tentando absorver esse conjunto estranho de palavras e sons. Minha atual família não se encaixa naquilo que o senhor deve esperar de mim, o que certamente vai perturbá-lo. No entanto, apesar da origem pagã, minhas esposas mandam seus cumprimentos ao senhor e nada além disso, já que o senhor zombaria delas se visse como não conseguem lidar com a palavra escrita. Elas não tinham escola para frequentar e, portanto, arcaram com esse preço, mas isso não minou sua generosidade ou sua capacidade de fazer o papel de mãe gentil de seus preciosos filhos. Elas também sabem como administrar as necessidades de um marido, pois, como já mencionei em carta anterior, o clima deste país não condiz com velhas chagas. Duas dessas *companheiras* instalaram-se em minha perna esquerda, e, embora eu seja obrigado a sofrer um pouco, porque isso não tem cura, minhas esposas passam o tempo todo tentando diminuir meu desconforto com o mesmo cuidado e atenção que eu poderia esperar de uma americana. Há alguns meses, fiquei muito aflito com a morte de meu filho mais novo, um belo garoto de apenas 9 meses. Grande e saudável, de repente ele ficou doente e em seguida morreu. Eu não saberia dizer que doença foi, pois isso continua a ser um enigma até para as pessoas mais próximas dele, que continuam a chorar.

Talvez o senhor possa imaginar que esta Libéria corrompeu meu ser, transformando-me, de bom *cavalheiro* cristão que deixou sua casa, neste pagão que o senhor não reconheceria. Mas não é assim, pois, como afirmei várias vezes, a Libéria é o melhor país para um homem de cor, porque ele pode viver com o suor de seu trabalho, embora tudo continue sendo muito caro e escasso, como roupas, mantimentos etc. Existem muitos outros aqui, e outros mais vêm chegando a cada navio, que não estão preparados para a liberdade e que se saem muito mal, porque não têm ninguém para cuidar deles e são incapazes de cuidar de si mesmos. Mas isso não é culpa do país, pois, apesar de não estarmos livres da fome, das guerras, das doenças, da morte e de outros problemas comuns à humanidade, continuo a dizer que estamos numa situação melhor do que em outras partes do mundo habitado. As pessoas que chegam à África, brancas ou negras, sempre devem lembrar que este é um país novo, em que tudo ainda tem de ser criado. As coisas podem ser inconvenientes, pode-se ter a impressão de se estar nadando contra a maré e certamente passaremos por muito sofrimento, mas esses são problemas comuns para os primeiros colonos de um país. Nós, homens de cor, já fomos oprimidos por tempo suficiente. Precisamos lutar por nossos direitos, fazer valer a nossa voz e sentir o amor da liberdade que nunca poderíamos encontrar nos Estados Unidos. Ao contrário de corromper minha alma, esta Comunidade da Libéria me proporcionou a oportunidade de abrir os olhos e retirar o véu da ignorância, que tanto me aprisionou por toda a minha vida.

Hoje em dia, fico feliz só de cuidar de minha plantação. O país é rico e produz as hortaliças comuns que costumamos ver nos Estados Unidos: cenoura, vagem, feijão, cebola, tomate, assim como as plantas nativas, que, aliás, brotam em abundância. A escola não existe mais e nunca mais haverá de ocupar uma posição de poder em qualquer assentamento do qual eu faça parte. Esse trabalho de missionário, esse processo de persuasão, é um exercício inútil entre as pessoas daqui, pois elas nunca rezam verdadeiramente para o Deus dos cristãos, simplesmente fazem suas orações como se fossem cristãs, pois o Deus americano nem sequer se parece com o delas nas características mais fundamentais. A verdade é que a nossa religião, em sua forma mais pura e menos diluída, nunca vai poder fincar raízes nesta terra. Seus brotos vão murchar e morrer, provando ao homem sensato que ele tem de colher o que cresce aqui naturalmente. Minha mente preconceituosa demorou muitos anos para absorver essa sabedoria, e, embora seja certo eu dizer que o homem que realmente amo é Jesus Cristo, e, sim, eu o amo como se ele fosse uma pessoa de meu círculo, como não tenho meios de voltar aos Estados Unidos e por isso estou fadado a ter uma existência africana, preciso suspender minha fé; assim, opto livremente por viver como africano.

Se for possível, peço que se lembre de mim com carinho junto a meus amigos de cor. Informe-lhes que, se eles quiserem vir para a Libéria, precisam trazer tudo que se refira a utensílios domésticos, agricultura, carpintaria etc. Eles vão precisar, porque aqui não vão encontrar nada disso, nem comprados dos navios que aqui aportam, a não ser que seus senhores optem por cumprir suas promessas. Só falta eu pedir-lhe que não venha à África, pois temo que certamente irei decepcioná-lo. Imagino que nunca mais voltarei a vê-lo nesta vida, mas se o Senhor assim desejar, ainda poderei vê-lo nas portas do céu. Talvez nesse mundo do além o senhor possa então me explicar por que me usou para seus propósitos e depois me expulsou para este paraíso africano. Sempre acreditei piamente em tudo o que o senhor me falou, e esperei fervorosamente que um dia valesse o nome que carrego, o aprendizado que tive a honra de receber e a atenção de um senhor que guarda na alma os ensinamentos do Senhor. Que a fé que eu tinha no senhor se perdeu, isso está mais do que claro. O senhor, meu pai, plantou a semente, e ela brotou com força, mas há muitos anos que não há mais ninguém para cuidar dela, e, abandonada como foi, ela murchou e morreu. Sua obra está completa. Só me resta agora pedir, mais uma vez, que não deixe os Estados Unidos.

Nash Williams

Madison Williams apareceu na estalagem e perguntou ao dono como passava seu antigo senhor. O estalajadeiro sacudiu a cabeça devagar e informou-lhe que havia três dias não via nem ouvia nada do cavalheiro. Infelizmente, acreditava que seu hóspede continuava extremamente abatido. Madison agradeceu-lhe pela informação e, por sugestão do dono da estalagem, foi até o quarto de Edward. Bateu à porta, mas não houve resposta; então bateu de novo, com mais força. De dentro, ouviu um som abafado, mandando-o entrar. Madison abriu a porta e, passando os olhos num quarto onde não era nem noite nem dia, encontrou Edward prostrado na cama e as folhas da carta de Nash espalhada pelo chão.

    O quarto tinha um cheiro forte de mofo, as cortinas cobrindo o mundo lá fora havia três dias inteiros. Edward, como se de repente se desse conta de seu lamentável aspecto, se ergueu para recostar-se na cama, esfregou a mão no rosto e então, com certa dificuldade, levantou-se e fez um esforço para se alongar. Madison continuou de pé junto à porta, sem saber se queria testemunhar ou não aquela cena. Então, por uma pequena fresta na cortina, um fio de luz foi bater em Edward, que, vendo isso como um sinal, afastou o tecido rústico e permitiu que a luz tomasse conta do quarto. Madison levou a mão ao rosto e esperou o momento propício, mas, pelo menos por enquanto, Edward optou por continuar em silêncio. Postou-se com cuidado ao pé da cama e, enquanto calçava e afivelava seus sapatos de couro, observou o ex-servo de rabo do olho. Madison preferiu ignorá-lo e, em vez disso, deu uma geral no ambiente, estudando aquele quarto pobremente mobiliado. Havia alguma coisa naquele lugar, onde as muitas horas de escuridão haviam refrescado o ambiente e criado um refúgio bem-vindo do calor tradicional, que sugeria a Madison que qualquer coisa que se precisasse fazer ali já havia sido concluída. Madison sabia, sem que seu antigo senhor precisasse falar, que Edward estava pronto para ir embora. Esperou que ele mesmo dissesse isso.

Edward limpou a garganta e falou devagar, mas com força:

— Eu gostaria — ele começou — de ser levado imediatamente ao lugar onde Nash Williams morava.

Madison olhou-o com firmeza. Sentindo a contrariedade do negro, Edward repetiu:

— Gostaria que você me levasse ao povoado de Nash Williams.

Madison fez que sim uma vez com a cabeça, tomando o cuidado de indicar que com que esse gesto entendia as palavras de Edward, mas que não concordava em obedecê-las.

— E então? — perguntou Edward, repentinamente animado. — Quando podemos partir?

— Talvez em um dia ou dois — sugeriu Madison. — Quanto tempo o senhor gostaria de ficar por lá?

Edward grunhiu incrédulo e então soltou uma gargalhada.

— Um dia ou dois! Pois nós vamos sair hoje mesmo e eu vou ficar por lá o tempo que eu quiser.

Madison empertigou-se e explicou a Edward que, se eles partissem naquele instante, teriam de passar a noite num povoado que havia entre a capital e a antiga residência de Nash, pois a distância era simplesmente grande demais para ser transposta no que restava do dia. Teriam de arrumar uma canoa para subir o rio e também contratar alguém para conduzir a embarcação. Teriam de comprar mantimentos. Tomar certas precauções. Madison fez uma lista das várias etapas de preparação que eles ainda precisavam cumprir, mas mesmo enquanto falava ele viu que nada iria fazer o sorridente Edward mudar de ideia. Sua mente estava febrilmente decidida.

O rio parecia franzir o cenho, como se o lento avançar dos homens perturbasse seu sono. Dos dois lados, as margens sóbrias, recobertas de arbustos, árvores e cipós, eram repletas de uma vegetação rasteira espessa que fazia anos espalhava-se pesadamente pelo local. Enquanto o pôr do sol se aproximava, o calor continuava sobre eles como um teto acima de suas cabeças. Madison entoou algumas palavras no idioma local e o condutor, um homem rude que obviamente não tinha a menor ligação com as letras e cujo bafo de álcool anunciava qual era a forma de lazer a que ele mais se dedicava, começou a remar para a margem norte. Os mosquitos redobraram a intensidade de seus ataques e Edward matou mais um no braço já inchado, e perguntou se era ali que eles encerrariam a primeira parte da viagem. Enquanto a canoa evitava as pedras lisas com o maior cuidado e aportava num banco de areia, Madison respondeu que conhecia um povoado por ali onde, segundo seus cálculos, eles teriam uma recepção pacífica. No entanto, avisou a Edward que talvez não devessem citar a verdadeira razão para a viagem, pois havia gente que não consideraria uma expedição até o povoado de Nash Williams como um motivo honroso.

Madison seguiu por uma trilha aberta no meio do mato; Edward, ignorando o roçar irritante de um prego em sua bota, e o nativo o seguiram. A pouco mais de cem passos da margem do rio, Madison parou de repente e apontou entre os arbustos na direção de uma aldeia. Cabanas altas e marrons se agrupavam dentro de uma cerca malfeita, e um vento fraco trazia vozes humanas, o que atiçou a curiosidade de Edward. Calado, Madison penetrou entre a folhagem curvada, rumo ao coração da aldeia, que, para consternação de Edward, logo se revelou não um povoado de nativos, mas um assentamento de americanos que falavam inglês. A natureza primitiva das instalações deixou Edward em estado de choque, pois até ali ele nunca fizera a menor ideia das condições de pobreza rural que envolviam aqueles que optavam por não se estabelecer na capital, Monróvia. Homens, mulheres e crianças pareciam viver em meio aos porcos, cabras e galinhas, como se os animais fossem membros da família, e Edward nunca tinha visto cenas de tamanha penúria, nem mesmo nas lavouras mais mal administradas de sua pátria americana.

A noite caiu rapidamente, com o céu vazio de estrelas e a lua escondida atrás das nuvens que passavam. Fogueiras foram acesas e os arbustos se fecharam como se um manto os cobrisse. Madison deixou Edward sozinho com o condutor da canoa e retirou-se para negociar um abrigo onde pudessem passar a noite. Um Edward completamente exausto se afundou no chão e tirou a bota que lhe machucava. Madison logo voltou e informou ao ex-senhor que só havia uma pequena cabana disponível e que eles teriam de dividi-la. No entanto, continuou, se seu antigo patrão assim desejasse, ele poderia dormir do lado de fora com o nativo. Edward nem quis saber disso. Madison se sentou no chão ao lado dele e pegou o cantil de água. Bebeu bastante e em seguida perguntou se Edward estava com fome, pois os colonos iriam assar uma cabra. Alegando excesso de fadiga, Edward insistiu que ele só queria, se possível, se recolher. Madison colocou o cantil de lado; sentindo o desconforto do homem branco, ajudou-o a se levantar e juntos eles atravessaram a aldeia estranhamente silenciosa até chegarem à cabana que ocupariam. Lá, Madison deixou Edward na entrada da rústica construção de madeira e foi se aliviar nos arbustos. Edward ficou olhando para a pele escura do outro, reluzente e coberta de suor, até seu ex-escravo ser engolido pela escuridão da noite.

Quando Madison voltou, Edward, já despido, brilhava à luz do lampião. Dois catres de palha estavam um ao lado do outro, e um Madison um pouco sem graça ficou olhando para os artigos pessoais que tomavam conta da cabana. Para disfarçar seu desconforto, falou devagar enquanto tirava as roupas. Perguntou a Edward se havia algum motivo prático para aquela viagem ou se tudo não passava de uma homenagem a Nash; ou seria, talvez, uma promessa que ele estivesse cumprindo? Edward ouviu atentamente, com os olhos fixos no ex-escravo. Madison tirou a camisa. Então Edward compartilhou com o negro sua intenção de levar os filhos de Nash para os Estados Unidos e dar-lhes a possibilidade de uma vida cristã, no meio de pessoas civilizadas. Madison se virou de costas e não disse nada. Fora da cabana, os guinchos e grasnados começaram a elevar o tom que tomava conta da noite. Edward perguntou ao seminu Madison se ele achava que as crianças voltariam com ele para os EUA, e quantas eram e quantas mulheres Nash realmente tinha. Madison digeriu todas essas perguntas, depois se virou e encarou seu antigo senhor. Metade do rosto de Edward estava escondido por uma forte sombra escura e a outra metade mudava de forma de acordo com a dança do fogo. Quando Madison se virou para responder àquele monte de perguntas, Edward levantou o braço num gesto de silêncio e então se inclinou para a frente, pegando as mãos de Madison nas suas. Ele falou baixinho o quanto se sentia longe de casa, das pessoas parecidas com ele e de como desejava estar de novo com seu povo, tanto os brancos como os negros. Madison olhou para trás e não respondeu nada. Mas então sentiu a pressão nas mãos aumentar e tomou isso como um sinal de que deveria falar.

— Não — disse ele.

A palavra ecoou na pequena cabana, seu peso e seu motivo se sobrepondo aos sons que a natureza fazia lá fora. Então, depois do que pareceu uma eternidade, Edward Williams largou as mãos de Madison e se deitou no catre de palha.

Pouco antes do meio-dia seguinte, o condutor saltou com agilidade da canoa, ergueu-a e puxou-a sobre uma faixa estreita de cascalho. Ferramentas enferrujadas e velhos equipamentos para se trabalhar no campo estavam espalhados pela margem do rio. Edward e Madison saltaram sobre a água rasa. Permaneceram sobre a água, ouvindo o farfalhar estranho das árvores. Então Edward viu seu ex-escravo encontrar um lugar firme para pôr os pés e se levantar, apoiado numa trepadeira forte, para chegar ao alto do banco de areia. Com um pouco de ajuda de Madison e do nativo, Edward conseguiu segui-lo. Lá, diante de si, ele podia ver o conjunto de cones marrons que formavam o último assentamento em que Nash Williams vivera. Madison foi à frente, conduzindo o ex-senhor até aquele lugar imundo e malcuidado. Para onde quer que ele se virasse, os olhos de Edward eram assaltados por nativos agachados sem nada fazer, os corpos se equilibrando desengonçados sobre as fundações, exatamente iguais àquelas barracas pueris. Edward tentou colocar um sorriso minimamente gentil no rosto, mas percebeu que estava muito mal preparado para disfarçar o verdadeiro sentimento de nojo que sentia em ralação àquele povoado desolado. Um Madison aparentemente imperturbável conduziu-o pela lama seca ou já quase seca até chegarem ao exterior da *casa* de Nash Williams. Madison apontou para a choupana de palha, incentivando o outro a entrar, mas Edward deu um passo para trás, em repugnância. O que poderia ter acontecido à alma cristã de Nash Williams para fazê-lo aceitar uma vida que certamente até aqueles pagãos consideravam desprezível? Mais uma vez Madison fez um gesto para Edward de que não havia problema caso ele quisesse entrar, mas Edward se encolheu. Seus olhos subiram na direção do sol, que agora atingia o ponto mais alto do céu, e por alguns instantes eles ficaram juntos em silêncio. Então Madison tirou um lenço enorme do bolso e enxugou a testa. Edward olhou na direção de seu ex-escravo, esperando que aquele homem pudesse jogar alguma luz de entendimento na desordem que havia por ali, mas Madison só exibia um ar blasé. E foi então que Edward entendeu como se fosse uma bofetada. Ele estava sozinho. Tinha sido abandonado. Madison não ia sequer encará-lo.

— Madison?

Seu ex-escravo o ignorou. Reconhecendo que não havia saída, Edward abriu a boca e respirou profundamente aquele ar asqueroso. Decidiu que entoaria um canto, com o intuito de acalmar a mente atormentada. Os nativos estavam olhando para ele e viram quando os lábios do homem branco formaram palavras mas não emitiram som algum. Mesmo assim, Edward continuou a *cantar* seu cântico. Os nativos permaneceram olhando e se perguntando que maus espíritos tinham tomado conta daquele coitado e o arrastado para tamanha degradação. Seus corações começaram a ficar tomados do tipo de pena que se sente por alguém que perdeu seu caminho e seu objetivo. Aquele branco velho e esquisito. Madison se afastou.

II
O Oeste

Encolhendo-se para se proteger do frio, Martha se aconchegou na porta da rua e se perguntou se hoje veria neve. Tão bonito. Erguendo os olhos sem mover a cabeça, ela olhou para o céu escuro que mais uma vez lhe faria companhia. Trate de chegar logo, neve branca. Um homem alto, de sobretudo, com a barba recém-feita e o queixo encaixado no peito olhou para ela ao passar. Por um segundo ela chegou a pensar que o sujeito fosse cuspir nela, mas isso não aconteceu. Então, este é o Território do Colorado, e, para chegar até ali, ela tivera de cruzar pradarias e um deserto. E esperava atravessá-lo rapidamente, sem acreditar que poderia desmoronar feito uma mula manca. Uma velha. Eles a haviam expulsado da caravana e seguido caminho para a Califórnia. Ela se contorcia de tanto tossir. Em meio a uma espécie de nevoeiro que pulava gerações, virou-se para o leste, para além do Kansas, para uma época anterior àquela em que fora mãe, antes de sua adolescência, de sua chegada à Virgínia, até uma praia tranquila e cristalina, onde uma menina trêmula esperava junto com um homem e dois meninos. Um pouco afastado da costa, um navio. Fora uma longa viagem até ali. Mas agora o sol estava se pondo e ela estava encerrando seu curso. *Pai, por que me abandonaste?*

Lucy estaria esperando por ela na Califórnia, pois fora ela quem convencera Martha Randolph de que agora havia negros vivendo dos dois lados das montanhas. Vivendo. Segundo Lucy, gente de cor de todas as idades e formações, de todas as classes e cores, se dirigia para o Oeste. Era o que o marido de Lucy havia lhe dito e o que Lucy, por sua vez, dissera a Martha. Tem certeza, menina? Pelo visto, hoje em dia as pessoas de cor não marchavam para o Oeste em busca de ouro, só buscavam uma vida nova, sem ter de se submeter a um homem branco e a seus caprichos. Buscavam um lugar onde as coisas fossem um pouco menos infelizes e onde não se precisasse ficar sempre olhando para trás, perguntando-se quando é que alguém lhe faria uma maldade. Buscavam um lugar onde seu nome não fosse "o moleque" ou "a tia" e onde fosse possível fazer parte do país, sem se sentir excluído dele. Lucy tinha deixado uma carta para sua velha amiga praticamente lhe implorando para que ela também fosse para o Oeste e se juntasse a ela e ao marido em São Francisco. Nós dois ficaríamos felizes. E embora Martha ainda tivesse problemas para entender todas as palavras, ela conseguira absorver as linhas gerais da carta de Lucy e vira que era exatamente isso o que iria fazer. Virar uma pioneira. Parar de lavar e esfregar roupas. A idade já estava cobrando seu preço e a artrite tomava conta de todas as partes de seu corpo. Ela seria uma pioneira na marcha para o Oeste. Aproximou os joelhos do peito e esticou a mão para ajeitar os andrajos em volta dos pés. Tapou os buracos por onde o vento penetrava. E pronto. A porta lhe protegia em três lados e ela tinha certeza de que poderia dormir ali sem perturbar ninguém. É só me deixarem em paz. Mas, estranhamente, ela se sentiu como se fosse fazer algo mais do que dormir. Como se seu corpo estivesse minguando para um outro tipo de sono. Igual ao dia em que perdera Eliza Mae. Mamãe. Mamãe.

Desvitrificou os olhos e encarou a mulher.

— Você tem algum parente?

Agora havia começado a nevar. Um princípio de neve, com flocos grandes e macios caindo do céu claro e enegrecido.

— Você deve estar com frio.

Estava escuro e, com exceção daquela mulher, não havia ninguém por perto. Quando a deixaram ali, disseram que aquela era a rua principal do vilarejo, como se essa informação os eximisse de qualquer responsabilidade. Mas ela não os culpava. Alguns salões, um restaurante, um ferreiro, uma ou duas pensões — era, de fato, a rua principal.

— Eu tenho uma cabana pequena onde você pode passar a noite.

Martha olhou de novo para a mulher de casaco preto que estava de pé à sua frente, com um xale grosso jogado descuidadamente em torno dos ombros e um chapéu bem preso à cabeça. Será que aquela mulher tinha trazido a filha? Será que Eliza Mae morava ali, no Território do Colorado? Não haveria razão para ela ir até a Califórnia se Eliza Mae estivesse ali. Será que Eliza Mae havia voltado para ela?

— Você consegue se levantar?

A mulher esticou a mão enluvada e Martha a ficou encarando. Eliza Mae estava perdida para sempre. Aquela mão não iria levá-la até sua filha, nem poderia conduzi-la de volta a seu velho e jovial eu. Uma cabana pequena. Aquela mulher estava lhe oferecendo um teto e talvez até um pouco de calor. Martha fechou os olhos. Depois de inúmeros anos de viagem, aquela mão era, ao mesmo tempo, uma ofensa e uma salvação, mas a mulher não devia saber disso.

— Por favor, segure a minha mão. Não vou machucá-la. Só quero ajudar. De verdade.

Martha abriu a mão e prendeu os dedos à mão enluvada da mulher. Não parecia nem quente nem fria.

— Você consegue se levantar sozinha?

Dentro de si, Martha riu. Será que ela não percebe que fui abandonada? Pelo menos eles ainda tiveram um pouco de consideração, não a largaram num campo aberto. Mas me levantar sozinha? Ela, Martha Randolph, agachada como se fosse um saco de ossos imundo. Vendo a neve cair. Sem conhecer ninguém por aquelas partes. Mal sendo capaz de se reconhecer. Não senhora, pensou. Duvido que eu consiga me erguer sozinha de novo. Mas isso não importa. Já fiz isso mais vezes do que a maioria das pessoas o faria numas três ou quatro vidas. Não é vergonha alguma querer descansar agora. Vergonha alguma, madame. Ela apertou a mão. A mulher fez o mesmo.

— Você consegue se levantar sozinha?

Martha balançou a cabeça em negativa.

*

Olho nos olhos dele e o olhar é penetrante e me assusta.

Ele não demonstra emoção alguma.

— Lucas?

Ele se afasta de mim e arrasta a cadeira de madeira no chão. Senta-se pesadamente. Leva as mãos à cabeça e enterra o rosto nas palmas das mãos calejadas, em concha. Eliza Mae corre até mim e se agarra à barra da minha saia. A luz da lamparina dá um salto e o quarto balança, primeiro para um lado, depois para o outro. Puxo Eliza Mae para mim e escondo seu corpo pequeno nas dobras do meu vestido. Lucas levanta o olhar. Abre a boca para falar. O rosto cansado, mais velho do que seus 35 anos. O peso de mais um dia no campo cai penosamente em seus ombros. Mas não é só isso. Passo a mão pelo cabelo sem brilho de Eliza. No domingo, vou passar o pente em todos aqueles nós e ela vai gritar. Do lado de fora, posso ouvir os grilos, suas vozes agudas e estridentes, como galhos de uma árvore sendo quebrados.

— O senhor morreu.

Eliza Mae olha para mim, depois para o pai, e então volta a olhar para mim. Coitadinha, ela não entende.

— Lucas, nós vamos ser vendidos?

Lucas abaixa a cabeça.

O sol está em seu ponto mais alto. O supervisor olha em minha direção, por isso me abaixo novamente e volto a colher. Já tenho as mãos de uma mulher do dobro da minha idade, a pele massacrada, machucada e sangrando, como couro puído. O supervisor vem com o cavalo até onde estou, as pernas no alto, empertigadas, quase dançando. Ele olha para mim, com o sol por trás emoldurando-lhe a cabeça numa espécie de auréola. Levanta o chicote e o desfere sobre meu braço. Não ouço as palavras que saem de sua boca. A única coisa que penso é: O senhor morreu. E agora? Volto a me curvar e a colher. Ainda posso sentir os olhos dele sobre mim. E o sol. E agora o cavalo está se virando. E se afasta dançando.

Estou junto com o resto das propriedades, em Virgínia. O sobrinho do senhor, que é banqueiro em Washington, é o nosso novo dono. Ele não se interessa pela vida na fazenda. Mantém um lenço no rosto e olha para nós com desapego. Tudo vai ser vendido. O advogado pega o sino de ferro e pede a atenção de todos. Então o leiloeiro bate o martelo num bloco de madeira. Eu caio de joelhos e pego Eliza Mae nos braços. Não amamentei esta menina, não a ninei em meus braços e lhe cobri de todo o amor que eu podia lhe dar para vê-la ser arrancada de mim. Enquanto o leiloeiro começa a gritar, olho no rosto de Eliza Mae. Ele está dizendo o dia, a hora e o lugar. O senhor jamais teria nos vendido. Digo isso à minha filha apavorada. Os escravos. Os animais da fazenda. Os móveis da casa. As ferramentas. Tudo vai ser vendido — nessa ordem. Vejo quando Lucas molha um pano com água e me conforta pousando-o em minha testa e depois na da filha. Na noite passada ele veio falar comigo, com os olhos vermelhos de bebida. Confessou que a morte seria mais fácil de aguentar. Desse jeito, vamos ficar eternamente nos perguntando o que terá acontecido com os outros. Eternamente preocupados. A voz dele falhou e ele balbuciou as palavras que faltavam. Então me envolveu com os braços e se deitou comigo. Até que a velha corneta marcou o início de um novo dia.

Acorreram fazendeiros de toda a região. Um pessoal animado, pronto para regatear, mas entre eles vejo homens circunspectos. Comerciantes, com cérebros rápidos para negócios e bocas secas e amarguradas. Procuro não encarar ninguém. O leiloeiro está em roupas formais. Costume escuro, fraque colorido. Ele continua a gritar. E agora, enquanto berra, aponta o martelo em nossa direção. Então ele bate com o instrumento no bloco de madeira, emitindo um som abafado. Volta a apontar para nós. Minha garganta está seca. Eliza Mae fica se remexendo inquieta, por isso pego na mão dela. Ela chora. Eu a belisco, para fazê-la se calar. Não gosto de fazer isso, mas é para o próprio bem dela. O leiloeiro manda os comerciantes se aproximarem. Primeiro eles olham os homens. Um comerciante testa o bíceps de Lucas com uma vara. Se um comerciante compra um homem, acabou. É até a morte. Todo mundo sabe disso. As famílias que precisam de criados domésticos ou os fazendeiros que precisam de escravas reprodutoras olham para nós, esperando a sua vez. Sou muito velha para gerar filhos. Eles não sabem que eu seria uma completa decepção. Minha Eliza Mae se agarra em mim, mas não vai adiantar nada. Ela será uma aquisição de primeira grandeza. E sozinha terá mais chance de viver com uma boa família. Quero dizer isso a ela, incentivá-la a seguir seu caminho, mas não consigo. Continuo olhando. O leiloeiro grita para os céus. Uma banda de música começa a tocar. Uma tropa de menestréis começa a dançar. Logo vão começar a dar os lances.

— Mamãe...

Eliza Mae sussurra essa palavra sem parar, como se fosse a única que soubesse falar. Só essa palavra. E essa palavra apenas.

Martha se amparou na mulher e olhou para o quarto pequeno e escuro. Continuava frio. Na penumbra, ela viu uma cama de solteiro com o colchão enrolado, revelando uma horrorosa armação de arames enferrujados. Sentiu o toque suave da mulher guiando-a pelo quarto até uma cadeira de madeira com encosto duro. Como se ela fosse uma criança. Martha se sentou e ficou vendo enquanto a mulher primeiro acendia a luz e depois arrumava a cama rapidamente, esticando um lençol limpo como se fosse o couro de um tambor, por toda a superfície do colchão. Depois, ajudou Martha a dar os dois passos necessários para atravessar o quarto e a colocou para descansar na beira da cama. O olho direito de Martha já estava começando a ver tudo escuro, mas ela ainda pôde divisar os movimentos da mulher, que tentava atiçar a lenha no fogão bojudo. Ela não conseguiu, e lançou um sorriso triste para Martha. Não se preocupe, menina. Não se preocupe com isso. A mulher pegou um jarro e serviu um copo d'água.

— Olha... Beba isto aqui. Está com frio?

Martha passou a língua pelos lábios inchados. Então, pegou o copo e segurou-o com as duas mãos. Engoliu com força, enquanto a mulher se ajoelhava e começava a tirar os farrapos molhados que envolviam os pés de Martha como se fossem ataduras. Não. Por favor. Martha fechou os olhos.

Só conseguia se lembrar de uma única vez em que sentira tanto frio. Naquele maldito dia de dezembro quando atravessara o Missouri na parte de trás da carroça aberta dos Hoffmans. Quando eles chegaram à margem oeste, Martha, a essa altura cansada e arrasada, tendo viajado desde a Virgínia com pouquíssimas escalas, descera para ver o que era o gelo de um inverno no Kansas. Será que eles me compraram só para me matar? Todos os seus pertences estavam embrulhados numa trouxa, que ela levava numa das mãos. Não tinha mais marido, nem filha, mas a lembrança da perda era muito nítida. Ela se recordava da postura desdenhosa do sobrinho do senhor e da sonora voz do leiloeiro. Lembrava-se das senhoras do Sul, com seus chapeuzinhos de algodão branco e seus vestidos de mangas compridas, e os fazendeiros pobres em busca de alguma pechincha, as mulas esquálidas presas a carroças que mal se aguentavam em pé. O comerciante que testou Lucas com uma vara o comprou por um valor estupendo. Martha ainda teve alguma esperança, pois Lucas era um homem que nunca deixava de fazer amizade com os cachorros. Ele os seduzia com sua voz grave e suave. Não era um homem de deixar o corpo esmorecer em terras áridas e solitárias. Eliza Mae foi vendida logo depois de Martha. Os Hoffmans podiam perceber, sem sombra de dúvida, que sua aquisição nutria um sentimento muito forte pela menina, por isso colocaram Martha na carroça e partiram rapidamente. Já tinham comprado o que queriam, e as festividades poderiam muito bem continuar sem eles. Adeus, todo mundo. Depois que já não dava mais para ver a fazenda, a mulher ofereceu a Martha um lenço de renda, devidamente ignorado.

Em menos de um ano, os Hoffmans decidiram vender tudo e deixar a Virgínia. Decidiram se instalar nos arredores de Kansas City, numa parte nova do país que era promissora para os pioneiros. Boas estradas proporcionavam um acesso tranquilo ao interior e os recém-chegados tinham permissão de comprar terras do governo ao preço de 5 dólares o hectare. O Sr. Eugene Hoffman decidiu fazer uma plantação em seus 2 hectares e tinha a ambição de possuir um rebanho de umas quarenta cabeças de gado e uma dúzia de porcos. Cleo Hoffman, que crescera para uma vida de professora de música, especialmente piano, estava igualmente otimista. Pessoas extremamente religiosas, eles infelizmente não tinham filhos. No Kansas, Martha às vezes ouvia vozes. Talvez existisse um Deus. Talvez não. Ela se viu assaltada pela solidão e entrando na meia-idade longe da família. Vozes do passado. Algumas, ela reconhecia. Outras não. Mesmo assim, continuou ouvindo. Percebendo o desespero que tomava conta de Martha, o casal Hoffman a levou para uma espécie de renascimento de quatro dias no rio, onde um jovem e dedicado pastor itinerante chamado Wilson tentou jogar um pouco de luz sobre a alma escura da escrava. Vade retro, satanás. O jovem evangélico pregou com toda a força, mas Martha não conseguiu encontrar apoio na religião e foi incapaz de simpatizar com o sofrimento do filho de Deus, se comparado à sua própria dor. Ela olhou para o sol do Kansas. O escudo da lua brilhava com força. E ela continuava ouvindo vozes. Os Hoffmans nunca mais falariam de seu Deus para Martha.

Então, numa manhã, o Sr. Hoffman chamou a envelhecida Martha para ir até ele. Ela sabia que isso ia acabar acontecendo, porque ele não estava conseguindo vender a plantação e mais uma vez o gado havia voltado do mercado. Um mercado misericordioso em que nada era vendido. Martha tinha ouvido o casal brigar à mesa de jantar. O Sr. Hoffman olhou para Martha e depois para as próprias mãos, que estavam cruzadas à sua frente.

— Nós temos de seguir para o Oeste, Martha, onde há trabalho para nós. O Kansas ainda é muito recente. — Fez uma pausa. — Estamos partindo para a Califórnia, mas vamos ter de vender você do outro lado do rio, para podermos fazer a viagem. — O coração de Martha parecia uma pedra. Não. — Vamos fazer tudo o que estiver a nosso alcance para que você tenha bons proprietários cristãos.

Não. Ele continuou a falar, mas Martha não ouvia mais nenhuma palavra que ele pronunciava. Do outro lado do rio estava o inferno. Ela acabou perguntando:

— Quando?

Não sabia se o havia interrompido. O Sr. Hoffman pigarreou.

— Semana que vem. — Ele se calou e olhou para ela. — Sinto muito.

Era uma maneira de pedir desculpas e de dispensá-la ao mesmo tempo. Era até possível que ele sentisse muito. Por ele próprio. Martha não sabia direito se conseguiria se retirar. Então, o Sr. Hoffman se pôs de pé.

— Pode sair, Martha.

Naquela noite, ela preparou sua trouxa e foi embora. Para onde, não sabia (não dou a mínima), preocupada apenas em seguir para o Oeste (para o Oeste), para longe do grande rio (do inferno) e evitar os traficantes de escravos, que a venderiam alegremente do outro lado da fronteira, no Missouri. A noite escura se estendia à sua frente, mas por trás das nuvens em movimento ela sabia que o céu estava cheio de estrelas. (Que sensação boa.) E então Martha ouviu os latidos dos cachorros e tropeçou numa vala. (Senhor, dai-me a voz de Lucas.) Ela ficou atenta aos sons, mas só havia o silêncio. (Obrigada.) Martha acabou se levantando e começou a correr. (Sem olhar para trás, garota.) Ela nunca mais seria leiloada. (Nunca.) Nunca mais mudaria de nome. (Nunca.) Nunca mais seria propriedade de outra pessoa. (Não senhor; nunca.) Olhou para trás e correu. (Sem olhar para trás, garota.) E então, mais tarde, viu a alvorada se anunciar com todo o seu vigor, e uma ofegante Martha foi descansar embaixo de um enorme salgueiro. (Agora, ninguém mais é meu dono.) Ela olhou para cima e, por entre os galhos, viu a estrela da manhã pulsando no céu. Como se tentasse descuidadamente preservar sua vida no coração de um novo dia.

A mulher serviu-lhe mais um copo d'água, que ela segurou com força, como se estivesse tentando sugar um pouco de calor daquele copo. O frio persistia. A mulher olhou para Martha, que percebeu que ela tinha os olhos observadores e defensivos de uma pessoa que nunca perdia o controle de si mesma. A mulher afrouxou o xale, revelando um colar de ouro no pescoço. O frio persistia.

— Devo deixá-la sozinha agora?

Por baixo do chapéu, Martha pôde perceber uma mecha de cabelos brancos, mas não sabia ao certo se a mulher estava procurando escondê-los. Então, alguém se mexeu do lado de fora e a sombra escureceu o fio de luz que havia na soleira da porta fechada, com o peso fazendo as tábuas estalarem. Não. A respiração de Martha voltou para dentro do corpo. Por um momento, ficou em dúvida se voltaria a ter forças para soltar o ar, e então, contra a própria vontade, acabou exalando um suspiro silencioso. Eliza Mae. Será que a menina estava voltando para ela?

— Devo deixá-la sozinha agora?

— Não.

Martha conseguiu pronunciar a palavra, mas não entendeu exatamente por que disse isso. Então, quando a mulher se sentou na beira do colchão e Martha sentiu a cama afundar sob si, ela se arrependeu da generosidade do convite. A mulher estava se sentindo em casa.

Ponho os pratos na frente desses homens e fico mais para trás. Eles não tiram os olhos de mim.

— Obrigado, madame.

O de olhos azuis fala baixinho. Os outros dois ficam à sombra dele. Todos estão vestidos com elegância; esporas de prata, calças de couro de gamo e chapéus com remates de pele de cobra. Três homens barbados que não estão à vontade em meu restaurante. Os outros clientes já saíram. Eles os afugentaram. Para falar a verdade, só havia um além deles. Hoje em dia tenho sorte se chego a ver seis ou sete num dia. Os homens de cor não parecem mais seguir a trilha como antigamente. Chegam aqui com os pulmões e os rins em frangalhos, cuspindo sangue, os braços e pernas totalmente alquebrados. Nem o mais forte e resistente durou mais que alguns anos, mas agora parece que esse tempo já passou.

— Tem mais alguma coisa que eu possa fazer pelos senhores?

Eles ainda não tocaram na comida.

— Quando ele volta, madame?

Esfrego as mãos na barra do vestido. Estão mais desgastadas do que nunca, e não é só por cozinhar, mas também por lavar e limpar tudo. Já faz quase dez anos que cheguei à cidade de Dodge e comecei a lavar roupa, depois a cozinhar um pouco e finalmente, depois que Lucy combinou de vir trabalhar comigo e me ajudar, as duas coisas.

— Ele volta ao anoitecer.

Viro a cabeça para Lucy, lá nos fundos. Esperando por mim. Precisando de ajuda. Temos uma encomenda grande de roupas para entregar, que precisamos terminar ainda de manhã.

— Anoitecer?

Ele deixa a palavra cair suavemente de sua boca, como se fosse o primeiro homem a usar a expressão. Faço que sim.

Eram quatro quando fizeram a trilha pela última vez. Agora não me lembro do quarto homem, mas sei que havia um quarto. Eram quatro homens chegando e três indo embora. Dessa vez chegaram três e vão sair os três. Tentaram roubar Chester num jogo de pôquer num salão, mas

Chester, com seu jeito afável, colocou um pouco de fumo de mascar na boca e provou que eles estavam roubando. Segundo o xerife, o quarto homem, o vigarista do grupo, sacou a arma primeiro. O xerife soltou Chester. Pegar em armas é uma coisa totalmente natural para Chester. A comida está esfriando. Um deles pega o garfo e passa um tempo caçando a batata na curva do prato. Eu sei que ele quer comer. Está esperando o sinal, com uma fome cada vez maior. Digo a ele que preciso voltar lá para os fundos, mas ele apenas me encara com aqueles olhos azuis. Digo que tenho roupa para lavar. Ofereço essa informação como se fosse um presente. Ele olha para os amigos, que mal conseguem se conter. Estão com vontade de comer. Com um aceno, ele me dispensa. Então, como se isso não fosse importante, põe a mão no bolso e joga algumas notas em cima da mesa. Diz que vão sair quando terminarem. Que vão esperar pelo Chester lá fora.

Tiro do boiler a pilha de roupas pingando e as jogo no tanque. Sinto os olhos de Lucy sobre mim, mas não me viro para fitá-la. Estou com calor. Limpo a testa com a manga do vestido, volto a me inclinar e tento tirar mais água das camisas. Ela põe a mão em meu ombro, essa mulher que tem sido minha amiga e irmã ao mesmo tempo. Põe a mão em meu ombro e me aperta. Não diz nada, e eu continuo sem me virar. Continuo a torcer as roupas com meus dedos cansados.

— Martha... — ela começa. — Martha, querida...

Eu me viro para encará-la. Largo as roupas e jogo meus braços molhados em volta dela, e ela me abraça mais forte. Começo a chorar. Ela diz:

— Você precisa ir até o Chester e avisá-lo.

Eu a escuto, mas nós duas sabemos que agora é tarde demais. Mesmo enquanto insiste que eu tenho de sair imediatamente, ela me segura com mais força ainda.

Estou no meio da rua. Posso vê-lo ao longe, a poeira se erguendo lentamente à sua volta, enquanto o cavalo, curvado e de cabeça baixa, sai do pôr do sol para entrar na sombra que marca o início da rua. Eles também o veem. Todos os três. Pulam de cima do muro. Lucy está na porta e também vê tudo. Quando ele trouxe as roupas para serem lavadas pela primeira vez, eu havia chegado a Dodge fazia poucas semanas. Ele voltava toda terça-feira à tarde, pontual como o pôr do sol, mas raramente falava. Tocava no chapéu, sempre me chamava de madame, nunca me pedia dinheiro, crédito, nada. Então um dia ele disse que se chamava Chester, que era adestrador de cavalos num rancho na saída de Dodge, que ninguém sabia *amaciar* um cavalo bravo como ele e que podia sentir o cheiro da solidão tanto quanto um búfalo sente o cheiro de água. Eu disse a ele que não precisava de ajuda, só de um pouco de companhia, só isso. Ele me olhou com um olhar amplo, de quem sabe tudo, um olhar que podia puxar o ouro para fora dos dentes de um homem, e perguntou se eu queria me mudar para a loja dele. Perguntei o que ele vendia e ele disse que não vendia "coisa alguma", mas que tinha muito espaço se eu quisesse ficar por lá. Disse que se nós fôssemos procurar a felicidade, então seria bom ganhar um pouquinho de dinheiro também. Eu disse a Chester que achava que não poderia lhe dar um filho. Ele sorriu e falou:

— Eu tenho filhos em algum lugar desse mundo e não fui um pai muito bom. Acho melhor você não se preocupar em me dar mais filhos. — Fez uma pausa. — Acho que você percebeu que eu não sou daqueles que se vestem para impressionar as dondocas de um lugar.

Ele então riu um pouco, até as lágrimas começarem a rolar por seu tenro rosto de chocolate. Naquela mesma tarde eu tirei o avental, coloquei um vestido limpo de chita, prendi o cabelo com um lenço e levei minhas coisas para a loja de Chester, que realmente era um lugar decente. Ele contou que havia ganhado a loja num jogo de cartas, de um lojista que havia partido para o México com tudo o que tinha nos bolsos. Disse que, para começar, tinha gente que não aceitava a ideia de uma pessoa de cor ser dona de uma propriedade direita, mas que em pouco tempo as pessoas acabaram deixando-o em paz. E ele ficou ali, entre os vendedores de lenha, os comerciantes, os relojoeiros, os carpinteiros, os ferreiros, os mecânicos, os médicos e os advogados, sem vender nada.

Logo comecei meu negócio de preparar cozidos e sopas para homens de cor famintos que havia muito tempo já tinham gastado as rações que tinham. Verduras e gado, criados e cultivados em Dodge e arredores, começaram a aparecer no mercado. Feijão, batata e cebola a 50 centavos o quilo. Carne a 25 por cento do preço normal e perus graúdos a menos de 2 dólares cada. A guerra veio e se foi e, quase sem que ninguém percebesse, a União perdeu. Por uma semana mais ou menos, todas as diferenças foram esquecidas enquanto Dodge bebia em homenagem aos vencedores, até o ponto em que a maioria das pessoas não conseguia sequer erguer os copos. Agora eu estava livre, mas era difícil dizer que diferença isso ia fazer na minha vida. Eu continuava a fazer as mesmas coisas que antes, só me sentia mais contente, e não por causa da proclamação do fim da escravidão, mas por causa do meu Chester. Eu olho para o fim da rua e vejo-o chegar mais perto, com os ombros bem postos, a cabeça erguida. Por dez longos anos esse homem me fez feliz. Por dez longos anos esse homem me fez esquecer — e foi uma bênção dos céus. Nunca pensei que alguém pudesse me dar tanto amor, sem precisar tentar, sem parecer que estava fazendo um esforço, sem fazer alvoroço sobre isso. Só guiando e lançando cordas, ou qualquer tipo de trabalho que ele tivesse vontade de fazer durante o dia, olhando o pôr do sol ao entardecer, e à noite bebendo uísque e jogando cartas. Sempre presente quando eu precisava dele. Olho para Lucy, cuja expressão é a própria imagem do medo. Quero lhe dizer "Não se preocupe, Lucy". Então os tiros ecoam e Chester cai do cavalo, mas o pé fica preso ao estribo. O cavalo para e deixa Chester pousar respeitosamente no chão. Três homens valentes com os revólveres fumegando e Lucy ali gritando.

Lucy traz uma vela até meu quarto e se senta na cadeira de balanço. Ela ainda não parou de chorar. E eu nem comecei.

— Podemos ir para Leavenworth — ela diz. — Ouvi dizer que os soldados negros do Forte estão sempre procurando alguém para fazer faxina para eles. E tem um monte de gente de cor ainda querendo vir do Missouri para o

Kansas. — Olho fixo para ela, mas não digo nada. — A gente não pode mais ficar aqui, Martha.

Sei disso. Sei que nunca mais vou ser feliz na Dodge acelerada e de amores rápidos. Não sem Chester. E o restaurante.

— A gente pode levar o nosso negócio até Leavenworth e montar uma lavanderia.

Concordo com a cabeça. Mas então pergunto:

— Lucy, eu nunca lhe contei que tive uma filha?

Ela fica olhando para mim, espantada.

Mais uma vez ela perguntou se Martha estava com frio, e dessa vez Martha não pôde deixar de confessar que, apesar de todos os esforços da mulher, seu corpo continuava dormente. Tarde demais. A mulher sorriu, depois se levantou e voltou a atiçar o fogo, mas era um gesto que não passava de vã esperança. Tarde demais. Em cima do fogão estava uma grande chaleira de ferro que lembrava a que ela tinha lá no Leste, vinte e cinco anos antes, na Virgínia, e que ecoava como um sino quando alguém batia com o garfo nela. E se você encostasse a ponta dos dedos, ainda poderia sentir o metal vibrando por muito tempo depois de o som já ter sumido. Martha costumava usar a chaleira para pegar água da chuva, a mesma água da chuva com a qual ela lavava o cabelo sem brilho de Eliza Mae. Quieta, garota. Tanta tristeza na vida. Ela olhou para a palma das mãos, onde a pele escura ficava mais clara, e se perguntou se a liberdade era mais importante do que o amor, e até se o amor chegava a ser possível, sem que alguém chegasse e o arrancasse dela. Sua mente cansada oscilava como ondas com esses pensamentos difíceis, até doer só de pensar. A mulher finalmente parou de atiçar o fogo. Martha podia sentir as lágrimas se formando em seus olhos.

— Posso ajudar em alguma coisa?

Não, pode ir.

— Você está bem?

Não. Mas, por favor, vá embora.

— Sinto muito pelo fogão.

Não, não, não.

Martha abafou um soluço.

Agora parecia mais ser outra época, embora na verdade só tivessem se passado dois meses desde que Lucy, com o cabelo enrolado, fora até ela na cabana de dois quartos que elas dividiam e dera a notícia do casamento que estava prestes a acontecer. A noite fora escura e a luz solitária de uma vela ficou atiçando as duas amigas com as possibilidades gêmeas de calor e segurança. Não que a notícia de Lucy fosse uma surpresa para Martha, porque havia muito tempo ela já sabia dos fortes sentimentos que a amiga nutria pelo homem de cor do armazém. Os tanques e os aquecedores não ocupavam mais a mente de Lucy e agora ela ia fugir deles casando-se com aquele homem que havia construído uma loja e meia casa para si com os lucros daquele verdadeiro tiro certo que ele vendia, numa cidade que não parava de crescer: pregos, a 2 dólares o quilo. Martha pegou nas mãos de Lucy e disse que estava muito feliz e que Lucy não deveria, em hipótese alguma, ficar preocupada com ela. Dito isto, incentivou Lucy a começar a fazer as malas, se ela estivesse mesmo pretendendo sair pela manhã, como planejado. Lucy se levantou da cadeira e começou a tratar das coisas que precisavam ser feitas, enquanto Martha, doente, continuou sentada, iluminada pela luz da vela e olhando para a amiga. Atualmente, o velho corpo de Martha se sentia sobrecarregado e era muito raro ela passar uma tarde sem cochilar algumas vezes. À noite, os pés e os tornozelos estavam tão inchados que ela tinha de usar as duas mãos para tirar os sapatos e as roupas de baixo ficavam estranhamente apertadas durante o dia, o elástico da calcinha quase que cortando a pele da cintura. Ela precisava desesperadamente descansar, mas estava determinada a não deixar que Lucy visse qualquer indício de sua doença. Muito menos agora. Lucy tinha de ir embora com a consciência tranquila, mas não antes que Martha a levasse até o estúdio do artista que capturava imagens e mandasse ela sentar direito e ficar parada. Ficou olhando para a amiga enquanto ela juntava o pouco que tinha, e Martha começou a rir baixinho para si mesma.

Uma semana depois, o homem chegou ao alpendre da cabana com os braços cheios de camisas de flanela e calças brutas que precisavam de uma lavagem. Esse tipo de cliente estava se tornando cada vez mais raro, pois ou os homens estavam se habituando a lavar as próprias roupas com água e sabão, ou Martha estava enfrentando uma enorme concorrência de algum lugar que ela ainda não sabia qual. A conversa que ele entabulara com Martha era muito simpática — ele queria saber se ela tinha condições de dar conta daquilo tudo sozinha. Como é que é, senhor? O que foi que o senhor disse? Tem mais alguém na cidade que eu deveria procurar? Fingindo não saber o que ele insinuava, Martha pegou todas as roupas e disse que elas estariam prontas na hora em que ele precisasse. Isso era ótimo, ele falou, pois logo ele iria partir para a Califórnia, com um grupo de pioneiros de cor. Ele lhe deu essa informação como se fosse uma coisa da qual eles devessem se orgulhar, e, feito o anúncio, ele tocou no chapéu e lhe desejou um bom dia. Depois que ele saiu, Martha pensou demoradamente em suas perspectivas. Os muitos anos que passara com Lucy naquela cabana de dois quartos tinham chegado ao fim, e, embora Leavenworth tivesse lhe agradado, apesar de todos os inúmeros salões, casas de sinuca e casas de saliência, Martha achava que estava na hora de partir. Não que Leavenworth fosse perigosa ou violenta. Aliás, os moradores locais tinham desenvolvido um gosto pela lei e pela ordem e instituído códigos que eram rigorosamente aplicados pelos políticos e pela polícia, o que queria dizer que, na cidade, a lei não era feita por quem atirasse primeiro. Mas apesar de Leavenworth não ter a mesma turbulência de Dodge, e apesar de os anos que ela passara ali terem sido bem tranquilos, Martha começou a acreditar, estranhamente, que ela também deveria integrar o êxodo de negros a caminho do Oeste. Lucy tinha deixado uma carta, não tanto convidando-a a se juntar a ela e ao marido em São Francisco, mas quase implorando-lhe a fazer isso. Martha desdobrou a folha de papel e decidiu ler tudo mais uma vez. Quando terminou, apagou a lamparina e ficou em silêncio no escuro. Eliza Mae estava de volta em sua mente — não que sua filha perdida algum dia tivesse saído de seus pensamentos. Mas será que ela também tinha feito a marcha dos pioneiros para o Oeste?

Quando, alguns dias depois, o homem voltou para pegar as roupas lavadas e passadas, Martha o encarou firme nos olhos e avisou que ela também iria para o Oeste. De propósito, não perguntou se podia, e ele, também de propósito, não respondeu. Então Martha comunicou-lhe sua decisão uma segunda vez, e só então ele guardou as roupas e explicou que não seria possível. Falou que a viagem seria longa e difícil, com pelo menos vinte carroças, e que eles teriam de lidar com aquilo que os índios chamavam de "tempo maluco", tempestades e calor sufocante. Martha simplesmente continuou encarando o homem, obrigando-o a prosseguir.

— Vamos seguir na direção dos leitos dos rios a maior parte do tempo, mas nunca se sabe. — Ele deu de ombros. — E provavelmente precisaremos ir caminhando, porque todo o espaço das carroças vai ser usado para água, comida, ferramentas e coisas assim.

Martha se viu se enchendo de coragem com a conversa, do mesmo modo que via alguns homens se animarem com tequila.

— Meu trabalho vai ser cozinhar para vocês — disse ela. — Não vou ser um peso, mas também não tenho dinheiro.

Ela continuou, garantindo a ele que conhecia bem a vida selvagem e perigosa do campo e que já tinha visto, muitas vezes, cavalos e bois serem sacrificados por terem quebrado as pernas, e os membros da trilha fazerem uma sopa com a pele e os ossos dos animais. Disse que já tinha estado em carroças que se despedaçaram e que artemísias e cascavéis eram quase parentes suas e que se sentia à vontade com a areia em movimento e os pés de vento daquele mundo de cactos.

— Eu não tenho medo de nada — disse Martha —, muito menos de índios ou dificuldades. As pessoas de cor geralmente precisam trabalhar para os brancos para viajarem tranquilamente até a Califórnia, mas vocês, pioneiros negros, estão me dando uma oportunidade. Deixem-me pagar a viagem trabalhando, e eu vou cozinhar, lavar as roupas e cuidar vigorosamente dos que estiverem doentes. Não tenho nenhuma frescura de dormir na terra. Já fiz isso muitas vezes, já tive a dureza da terra como cama e o céu aberto como teto.

O homem olhou para ela sem expressão, mas Martha, com medo de ser deixada para trás, insistiu e perguntou quando é que eles pretendiam partir.

— Depois de amanhã — disse ele, com a voz grave e uma expressão agora confusa.

— Estarei pronta — disse ela, rasgando o avental. — E você trate de dizer ao seu pessoal que já encontrou uma cozinheira.

Ele sorriu levemente, depois se virou e saiu, os braços carregados de roupas limpas. Minha filha. O vigor da juventude voltou a sacudir dentro dela. Eu sei que vou encontrar minha filha na Califórnia.

Mas a mulher que agora estava de pé ao lado de Martha, lançando-lhe olhares penalizados, não era a filha dela. Eliza Mae?

— Vou deixá-la sozinha agora — falou. — Mas você tem de aceitar me ver amanhã de manhã.

Aceitar me ver de amanhã de manhã? Será que isso queria dizer que Martha tinha alguma escolha? Que, se ela quisesse, não precisava ver a outra pela manhã? Martha viu a mulher recuar lentamente do quarto frio. Obrigada. Deixou Martha sozinha. A doença tinha tomado conta de seu corpo e ela não conseguiu responder. Sentiu a tristeza de não ter uma fé que pudesse garantir-lhe que, depois de ter vivido a porção de vida que lhe fora destinada, ela seria conduzida ao local da comunhão. Olhou pela janela rachada. Ainda faltavam algumas horas para a manhã chegar lá do leste, vindo devagar. Para estarem juntos de novo. A cidade de Denver estava toda tomada por uma neve espessa, os galhos das árvores encapados por uma fina camada de gelo, o mesmo gelo fino que envolvia o coração descrente de Martha.

O céu da tarde está rajado de amarelo e vermelho. Vejo o sol se preparar para se pôr no horizonte. À minha esquerda, pânico. As vozes começam a se levantar. Um pioneiro matou um boi — exigiu demais dele. Agora ele vai ter de ser fatiado, mas pelo menos teremos carne fresca. Ele ignora toda a comoção e fica à minha frente com a mais absoluta expressão de frustração no rosto. Sei que eu diminuí o ritmo deles. É sobre isso que ele quer falar comigo. Ele enrola um cigarro, com os dedos duros e pegajosos, e faz sinal para eu me sentar na cadeira com assento de couro. É um homem que fala tanto com as mãos como com a voz. Percebi isso desde o dia em que ele chegou com sua trouxa de camisas de flanela e calças brutas.

— Muito bem.

É assim que ele começa. E eu já sei o que vem a seguir. Olho além dele. Uma tempestade está vindo em nossa direção. Meus velhos ouvidos ainda escutam o rufar grave dos trovões.

Seis semanas atrás nos lançamos nas pradarias abertas, levantando nuvens de poeira, com o sol do meio dia batendo com toda a força. Uma comitiva de setenta pessoas de cor caminhando ao lado das carroças, que eram puxadas por seis bois treinados para seguirem em duplas, animais com certa tendência para serem caprichosos, e no começo eles me assustaram um pouco. A primeira e a última carroça eram conduzidas por homens experientes, mas as outras, pelos próprios pioneiros. A ideia inicial era que eu cozinhasse para todos os que não tivessem família, principalmente os condutores das carroças, todos homens, e isso eu tentei fazer, cozinhando bacon e carne de porco e qualquer ave ou animal que os homens conseguissem caçar pelo caminho. Eu sempre me certificava de que todas as carroças tivessem grandes quantidades de farinha, açúcar, arroz e café e barris de 40 litros. Outros equipamentos e provisões que ficavam sob minha responsabilidade eram vinagre, sabonete, fósforos, utensílios de cozinha e fogareiros de campanha. Mas as coisas nunca eram fáceis. Antes do amanhecer, o vento, frio de congelar, atravessava nossas roupas e ia atingir bem a espinha. Ao meio-dia e no início da tarde, o sol geralmente nos causava sérios desconfortos, que só pioravam devido às roupas que usávamos. Calças pesadas e camisas de flanela para os homens e vestidos de gola alta e manga comprida para as mulheres — escuros, para a sujeira não aparecer. À noite, juntávamos as carroças em um círculo e acendíamos fogueiras, ao redor das quais preparávamos comida e contávamos histórias de antigas expedições de homens brancos, frequentemente cheias de crueldades contra pessoas de cor de ambos os sexos.

A caravana logo passou a entrar numa rotina em que um dia difícil era muito parecido com o seguinte, não havia mudança perceptível naquela paisagem uniforme. No entanto, passei a me sentir cada vez mais fraca e tentava em vão esconder minha doença. Alguns dias cobríamos 15 quilômetros sobre a relva seca, em outros 20 ou até 25, dependendo do tempo ou se precisássemos parar para consertar alguma coisa. Víamos alguns índios, e senti certa simpatia por eles, mas os grupos de índios mantinham distância e ficavam apenas observando, procurando não ter nenhum contato com os homens brancos de pele escura. A não ser numa ocasião, quando uma coluna de 12 guerreiros, liderados por um chefe, cavalgou na direção da caravana. Atrás deles vinham as mulheres, algumas com bebezinhos indígenas nas costas, e por toda parte vinham também cães de dar dó, que logo virariam comida. O chefe parou, assim como a caravana, e desceu do cavalo. Por meio de gestos e expressões faciais, informou que podíamos passar em paz. Vi quando nosso líder o recompensou com açúcar e fumo e em troca recebeu grunhidos de aprovação. Os únicos outros seres que nos visitaram foram os búfalos pretos e desgrenhados, tão lentos que era difícil perceber se estavam avançando. Nosso líder proibiu os homens, que estavam cansados de só comer carne de porco, de caçar esses monstrengos, informando que, se esses animais se vissem *acuados* e saíssem correndo, passariam por cima de tudo o que estivesse pela frente. Um cervo ou um pato selvagem que apareciam de vez em quando eram as únicas alternativas ao que carregávamos nas carroças.

Há dez dias, o leito do rio foi virando uma mera nascente e a água passou a ser fortemente racionada. Vi os bois puxarem heroicamente as imensas cargas e testemunhei a bravura igualmente impressionante dos pioneiros, que, mesmo desidratados e com o nível de energia vacilando, continuavam a aguentar aquela tortura. Minha própria situação se tornou periclitante, de tão exausta que eu estava, mas mesmo assim eu continuava a guardar minha tristeza só para mim. Isso até ontem. Até o momento em que ficou claro que eu não conseguiria mais cozinhar. Fazia muito tempo que eu já havia sido dispensada da tarefa de lavar roupas, devido ao racionamento de água, e às vezes eu pegava uma carona numa carroça, enquanto os outros continuavam andando. Mas então veio essa humilhação final. Ontem de manhã, sob o céu brilhante e intenso do Colorado, com o sopé das Montanhas Rochosas aparecendo no horizonte, esse homem frustrado se sentou na minha frente com um rosto lúgubre e dividiu comigo sua ração de água. De repente, e sem nenhum aviso, seu rosto se desanuviou e ele falou:

— Hoje e amanhã você vai descansar, Martha. Fique na carroça do Jacob, em cima dos sacos de farinha. Amanhã à noite a gente volta a se falar.

E ele pegou na minha mão com o que eu pensei ser um verdadeiro sinal de afeto.

— Muito bem. — É assim que ele começa. E eu já sei o que vem a seguir. — Você vai ter de encontrar um abrigo, porque nunca vai conseguir chegar viva à Califórnia.

Eu não respondo. O sol finalmente desaparece na linha do horizonte. Olho para o outro lado, para a imensa fogueira na qual estão preparando o jantar. Há seis semanas, eu era um deles. Mas agora as coisas mudaram. Mesmo assim, aprecio essa gente valente — esses pioneiros negros — com a qual viajo. Eles aceitaram essa mulher velha e de cor e decidiram não se livrar dela como se fosse uma carga inútil. Até agora.

— Amanhã, Martha.

Eu faço que sim, sem conseguir encontrar as palavras para convencê-lo de que não deve se sentir culpado. Nenhum deles deve. Sou grata, e é só. Sou simplesmente grata. Sorrio para esse homem que tem idade suficiente para ser meu filho.

— Obrigado — ele diz.

Ele se vira antes que um de nós dois traga à baila palavras que ficam melhor não ditas.

Ao amanhecer, eles me carregam como se eu fosse uma porca de matadouro até os fundos de uma carroça. Mas primeiro tiram uns mantimentos para abrir um espaço para mim. Outras carroças vão ficar encarregadas de levar essas provisões. Ele se aproxima e me diz que eu serei levada a Denver, o que representa um desvio de alguns quilômetros. Se eu partir agora, é capaz de chegar lá ao pôr do sol, o que dará à carroça a chance de se reunir ao grupo em dois dias. Ainda faz frio. Ele me oferece mais um cobertor, que eu aceito. Nós devemos nos separar do grupo principal, eu e mais dois homens, e nos virar sozinhos. Ele me diz que eu não tenho nada a temer e que, se Deus quiser, um dia ele espera me rever na Califórnia. Eu agradeço. Os pioneiros se remexem à minha volta. Os olhos fundos, cansados. Eu cuidei e alimentei muitos deles nos primeiros dias tão difíceis, empurrando água e comida pela goela deles e gritando para ficarem de pé, para que pudessem se arrastar por mais uns 15 quilômetros na direção da querida Califórnia. Todos sonham em, ao chegar lá, sentir o gosto da verdadeira liberdade, de aprender algum ofício importante e de se estabelecerem como uma classe de pessoas sóbrias e respeitáveis. Esse é o sonho deles. Minha fraqueza não vai mais atrasá-los. Ouço o estalo de um chicote e o condutor dando uma ordem alta e impaciente aos bois. Enquanto nos afastamos, as lágrimas começam a correr por meu rosto cansado.

Passamos por uma cidade em cujo perímetro ficam cabanas de madeira, algumas já concluídas, outras ainda incompletas mas claramente em fase de construção. A cidade está crescendo. Enquanto a viagem prossegue, passam por nós lojas, pensões e salões. Mas só consigo ver duas pessoas. Índios. Lembro-me do dia em que as tropas de cor de Leavenworth fizeram um desfile com os escalpos dos índios, dedos com anéis ainda presos e orelhas arrancadas. Comportavam-se como os homens cujos uniformes eles trajavam. E agora os índios haviam sumido de vista. Aqui nas Montanhas Rochosas, eu respiro com dificuldade, faço força para puxar o ar. Estou deitada de barriga para cima, não consigo voltar à antiga posição. Então a carroça para repentinamente e um de meus companheiros de viagem aparece à minha frente.

— Esta é a rua principal da cidade, Martha.

Olho para ele, que puxa o colarinho até o queixo. Atrás desse homem, o vento está aumentando de intensidade e o céu começa a enegrecer.

— Temos instruções de deixar a senhora aqui e irmos encontrar os outros.

Naquela manhã gelada de fevereiro, nas horas que antecederam o nascer do sol, Martha abriu os olhos. Lá fora ainda estava escuro e a neve continuava a cair e a bailar. Um sonho começou a se formar em sua cabeça. Martha sonhou ter seguido viagem até a Califórnia, sozinha, levando sua trouxa de roupas. Chegando lá, era recebida por Eliza Mae, agora uma negra alta, forte e de certo prestígio social. Juntas, elas andavam na ponta dos pés pelas ruas enlameadas que iam dar na casa de Eliza Mae, que ficava numa bela e ampla avenida. Eram recebidas pelo marido de Eliza, um professor de escola, e pelos três filhos do casal, todos vestidos com suas melhores roupas de domingo, embora não fosse domingo. Uma Martha totalmente impressionada tocava seus rostos. Eliza Mae insistia que a mãe deveria ir morar ali com eles, mas Martha se mostrava relutante. Nem tudo estava bem. Ela ainda não tinha notícias de Lucas, e sua querida Eliza Mae agora se chamava Cleo. Martha se recusava a chamar a filha assim, insistia em chamá-la por um nome que tanto o marido como os filhos achavam esquisito. Pouco depois, já estava na hora de Martha partir, mas a filha simplesmente a proibia de voltar para o Leste. Martha, sentindo-se velha e cansada, sentava-se e chorava convulsivamente, na frente dos netos. Ela não iria mais a lugar algum. Nem para o Kansas. Nem para a Virgínia. Nem para lugar algum. Ela tinha uma alma que peregrinara até o Oeste e encontrara seu habitat natural no colo da filha.

Martha Randolph não vai lavar mais nada hoje. Nada de tanques, nem de ferros de passar. E também não vai mais cozinhar. Martha vai passar o dia inteiro dormindo. A mulher, com o corpo frio agora todo embalado no vestido preto, deixou as ruas de Denver, que agora estavam cobertas de neve. Abriu a porta e olhou para a pequena mulher de cor que a encarava de volta com olhos arregalados. O fogo que ela não conseguira atiçar no fogão havia se apagado inteiramente. A mulher fechou a porta devagar. Martha não vai lavar mais nada hoje. E a mulher ficou imaginando quem ou o que aquela mulher havia sido. Eles tinham de lhe dar algum nome, para ela poder ter um enterro cristão.

III
Cruzando o Rio

Diário de uma viagem que se pretende realizar (se Deus permitir) no *Duque de York*, partindo de Liverpool até a Costa do Vento, na África, em 24 de agosto de 1752.

Oficiais e marinheiros lotados no *Duque de York*.

Salários a contar a partir de 24 de agosto de 1752.

NOMES	QUALIFICAÇÃO	
James Hamilton	Mestre	
John Pierce	Primeiro-imediato	Dispensado em 21 dez. 1752 *Fortune*
Henry Allen	Médico	
Francis Foster	Segundo-imediato	Falecido em 26 abr. 1753
William Smith	Terceiro-imediato	
Joseph Griffith	Carpinteiro	
George Davy	Contramestre	Dispensado em 15 jan. 1753
William Barber	Tanoeiro	
Thomas Gallagher	Intendente	
Jonathan Swain	Cozinheiro	Falecido em 14 mar. 1753
Mark Brown	Artilheiro	
Edward White	Auxiliar de carpinteiro	Falecido em 23 abr. 1753

NOMES	QUALIFICAÇÃO	
Samuel Morgan	Marujo	
Matthew Pitts	Idem	
John Lawson	Idem	
Robert Lewis	Idem	
Joseph Cropper	Idem	Dispensado em 20 nov. 1752
Richard Forrester	Idem	
Edmund Fellows	Idem	
Jacob Creed	Idem	Dispensado em 20 nov. 1752
George Robinson	Idem	
Thomas Taylor	Idem, violinista	
James Whitaker	Idem	
Peter Welsh	Idem	
Owen Thompson	Aprendiz de marujo	
Edward Gibson	Idem	
Matthew Arthur	Idem	Falecido em 5 mar. 1753
John Johnson	Idem	

Segunda, 24 de agosto (...) Às 3 da tarde, saída do píer de Liverpool, contra a maré. Às 7 da noite baixamos a âncora mestra. Ventos fracos e um pouco de chuva (...)

Terça, 25 de agosto (...) Nublado o dia inteiro, ventos fortes. Quatro marinheiros, Edmund Fellows, James Whitaker, Edward Gibson e John Johnson, consertaram as velas do escaler. O carpinteiro consertou o madeiramento do costado. John Lawson preparou as travas para os cabos. Prático veio a bordo com 3 carneiros e 2 *quarters** de carne de boi (...)

*

Quinta, 27 de agosto (...) Tempo bom o dia inteiro. Um brigue nos informou que o vento estava mudando (...)

*

---

* Em inglês antigo, *quarter* é uma medida que equivale a 28 libras ou, aproximadamente, 12,6 quilos. (*N. do T.*)

Sábado, 29 de agosto. Levantamos âncora ao amanhecer. Maré alta e bons ventos de SO. Rumo à Costa do Ouro e do Vento (...)

*

Quarta, 9 de setembro. Ventos cortantes e frios. Chuva forte à noite, às vezes bem forte. Para o oeste, a situação parece feia. Às 2 da tarde a âncora mestra voltou marcando 10 braças. Vimos a costa de Dublin a NO e O. No caminho, passamos pelo HMS *Africa*, 3 navios holandeses e mais um inglês. O tempo continua muito ruim (...)

Quinta, 10 de setembro. Raios cortaram os céus tormentosos a noite inteira. O dia amanheceu pesado e os ventos sopraram de OSO e O com mais força. Ao meio-dia, soltamos a âncora de boreste (...)

Sexta, 11 de setembro (...) Começou uma sensível melhora no tempo. Nublado, com um pouco de chuva. Águas mansas e indiferentes (...)

*

Sábado, 19 de setembro. De manhã, descobri que William Barber, tanoeiro, tinha violado um barril de cerveja reservado para os oficiais e o enchido de água. Foi posto nos ferros e, provados os fatos, submetido a 12 chibatadas (...)

*

Terça, 29 de setembro (...) À 1 da tarde, a terra que vimos se revelou ser a ilha de Grã-Canária: logo depois, vimos o maciço de Tenerife a distância. O pessoal trabalha nos cabos. O carpinteiro começou a montar as barras das celas das mulheres (...)

*

Segunda, 5 de outubro (...) A água voltou a ser de um azul-marinho profundo. Tentamos, mas não conseguimos fixar âncora nem com 60 braças de corda. Muitos peixes passam velozmente por nós. Pegamos um pequeno golfinho (...)

Terça, 6 de outubro (...) O carpinteiro preparou toda a sala dos oficiais para servir de loja enquanto estivermos na costa. Passou quase todos os tecidos da Índia do porão para a cabine. Levamos as armas do navio para a popa. Marcamos as celas dos escravos, e o carpinteiro e o imediato se puseram a construir os tabiques. Todos ocupados. O artilheiro está fazendo cartuchos etc. para as armas de mão e as canhonetas (...)

*

Domingo, 11 de outubro (...) Tempo e ventos muito variáveis. Às 9 da manhã, as velas se inflaram com um belo vento. Profundidade de cerca de 35 braças, areia branca e pedras pretas. Pegamos um cação. Às 2 da tarde, muitos raios e trovões. Ondas muito encrespadas (...)

*

Terça, 13 de outubro (...) Terra à vista, Serra Leoa a leste, cerca de 5 quilômetros. Às 3 da tarde passamos por 4 embarcações ancoradas na barra. Conheço uma delas de Liverpool, *Mary*, um brigue. A *Halifax*, de Bristol, já está quase lotada de escravos. As outras 2 são escunas da Nova Inglaterra. Profundidade de 14 braças, areia vermelha. Ao pôr do sol, ancoramos na Baía do Francês. Demos uma salva de 7 tiros. Passamos o resto do dia em festa e atirando.

Quarta, 14 de outubro. Tempo bom. Fui buscar água com o escaler. Estive a bordo do *Mary* com o capitão Williams. Ele contou que o *Devon*, de Bristol, foi recentemente destruído por escravos amotinados. Perda total, 11 membros da tripulação morreram. Quando voltei, os tripulantes, representados por um homem, reclamaram que, na minha ausência, o contramestre, Sr. Davy, lhes havia tratado mal. Achei melhor metê-lo a ferros, para que ele não venha a provocar novos distúrbios quando os escravos embarcarem.

Quinta, 15 de outubro (...) Apliquei um corretivo no carpinteiro com 12 chibatadas de couro de gato, por ter aprontado uma confusão enquanto ia pegar a madeira (...)

Quinta, 16 de outubro. Pela manhã, a bordo da chalupa do Sr. Sharp, fui até a Baía do Homem Branco para ver alguns escravos. Vi 10, mas não comprei nenhum. Todos velhos, cegos ou aleijados. À tarde, fiz como todo mundo e fui à feitoria da ilha. Peguei uma dúzia bem boa, paguei o que era devido e os trouxe a bordo (...)

*

Quarta, 21 de outubro (...) De sotavento apareceu o *Virtue* (Morris), uma chalupa de Barbados. Conseguiu embarcar uns 40 escravos em 2 meses. Fez um relato inquietante sobre o comércio naquelas bandas. O preço dos escravos subiu para 125 barras, daí para mais. Comprei 4 tonéis de rum do capitão Morris, ao preço de 4 xelins redondos o galão (...)

*

Quinta, 29 de outubro (...) Na mesa, sozinho, o termômetro marca 23, mas quando exposto ao calor do sol a pino do meio-dia, vai a 36. Fiquei surpreso com uma diferença assim tão grande (...)

*

Quarta, 4 de novembro (...) Tempo variável, principalmente uma brisa que vem do interior. De noite, raios e trovões. Tirei o contramestre do confinamento, pois ele prometeu se endireitar (...)

Quinta, 5 de novembro (...) Na noite passada, o escaler do capitão Morris chegou com mais 10 escravos, depois de passar 2 dias fora. Ele finge que todo o comércio por aqui gira em torno dele, mas eu não nasci ontem (...)

Sexta, 6 de novembro (...) Despachei Pierce no escaler, com uma carta para Jones na Baía do Homem Branco. Quero saber se ele me encoraja a passar mais tempo aqui. Esta tarde, ele voltou com meia dúzia de meninos-homens muito bons, mas o preço era alto demais. De acordo com o testemunho de Pierce, passado por Jones, todos os homens brancos que moram aqui estão exaustos. Essa meia dúzia foi a última parte da nova safra (...)

Sábado, 7 de novembro. Tempo bom, brisa leve do mar. De manhã recebi a visita de alguns portugueses da Baía dos Piratas. Trouxeram uma escrava mulher, que recusei por ter peitos grandes e caídos. Devo partir costa abaixo, assim que o escaler for consertado (...)

*

Quinta, 12 de novembro. Hoje de manhã levei o bote até a costa com Jacob Creed e George Robinson. Mas, em vez de voltar para bordo, eles foram visitar uma escuna francesa e tomaram um porre. Depois, voltaram ao litoral para brigar e, quando ficaram suficientemente cansados disso, tentaram fugir, mas, como a maré estava muito forte e eles, exaustos demais para remar, acabaram batendo nas pedras. Mandei Foster até lá, e ele foi obrigado a rebocá-los. Dei uma boa surra nos dois *cavalheiros* e os levaria presos às correntes até os Estados

Unidos não fosse pelo fato de isto aqui ser um navio negreiro (...)

*

Sábado, 14 de novembro. Navegando durante o dia. Às 10 da manhã, chegou o *Wanderer*, um cúter de construção francesa que demorou 7 semanas para vir de Londres. Ao meio-dia, na maré alta, navegamos contra a brisa do mar (...)

*

Segunda, 16 de novembro (...) Pus uma carga nova no escaler. Saí do navio antes do meio-dia e remei até a costa. Vi 11 escravos, dos quais escolhi 5, sendo 4 homens e 1 mulher. Paguei com os bens que eu tinha no barco, e que eles aceitaram, depois mando o resto (...)

Terça, 17 de novembro (...) Fui direto à costa ver 4 escravos, mas eram todos velhos. Remei rio acima e no fim da tarde cheguei à cidade. No momento, não existe comércio por aqui, mas prometeram comunicar minha chegada imediatamente ao Sr. Lewis (...)

Quarta, 18 de novembro (...) O Sr. Lewis me prometeu 2 dúzias dos melhores escravos imagináveis se eu me demorar aqui mais alguns dias. Aceitei. Ao retornar, descobri que Davy, o contramestre, voltou a humilhar os marinheiros e a beber até cair. Passei a corrente nele, disposto a entregá-lo ao primeiro navio de guerra que passar (...)

*

Sexta, 20 de novembro. Entre 2 e 3 da manhã, com o vigia do convés dormindo ou sendo conivente, 2 da nossa equipe, a saber Joseph Cropper e Jacob Creed, fugiram no escaler, mesmo acorrentados. Quando o dia clareou, o escaler foi visto na costa, e mandei Smith trazê-lo de volta, antes que os negros se apoderassem dele. Isso teria me custado, eu diria, algo em torno de 100 barras. Já meus funcionários, não tenho mais esperança de encontrar (...)

Sábado, 21 de novembro. Hoje de manhã choveu muito por 2 horas, com raios e trovões violentíssimos, mas, graças a Deus, não houve prejuízos. Às 3 da tarde, o Sr. Lewis veio a bordo com os escravos prometidos, a maioria de um vigor excepcional. Comprei 17, sendo 12 homens e 5 mulheres. De agora em diante, passaremos a ter sentinelas armados, pois já são 50 escravos a bordo (...)

*

Terça, 8 de dezembro (...) Mandei o Sr. Foster no escaler com bens para comprar 5 escravos, o que dá algo em torno de 500 barras, que noutros tempos seria suficiente para comprar 20. Ele voltou ao pôr do sol, triunfante, embora não valha a pena continuar pagando quase a mesma coisa pela qual os escravos são vendidos nas Américas, sem contar os fretes e as comissões, além do ofício ser maçante e do alto risco de vida a bordo (...)

*

Quinta, 10 de dezembro. Hoje de manhã, tentei negociar 3 armas, mas parece que todo mundo aqui está ocupado e o país está cheio de bens. Às 4 da tarde, o brigue *Fortune* (Jackson), de Liverpool, ancorou perto de nós. Às 7 da noite, fui visitá-los e jantei com o capitão Jackson, frágil veterano dos mares. Concordamos em ir juntos até o sul e pegar para nós um pouco das mercadorias e em ajudar e proteger um ao outro, porque o sul está cheio de bandidos e considera-se temerário que um navio se aventure sozinho por lá atualmente. O capitão Jackson confessa que recentemente se viu obrigado a pagar 130 barras por um escravo de primeira linha, e um de seus homens teve que andar 2 dias pela floresta para dar uma olhada na mercadoria e fazer a oferta. Prometo a mim mesmo que nunca vou me permitir chegar a esse nível de extravagância (...)

*

Domingo, 20 de dezembro. Uma noite tenebrosa, com direito a um tornado que foi o mais violento que vi na vida. No auge do vendaval, o escaler rompeu a melhor corrente do navio, mas por algum milagre as duas cordas que ficaram conseguiram segurá-lo. Ficamos observando, mas a noite era tão escura que não havia nada a se ver, a não ser quando os raios iluminavam tudo e, a intervalos regulares, víamos que nosso companheiro menor continuava conosco (...)

Segunda, 21 de dezembro (...) A tempestade amainou e nós lançamos âncora ao meio-dia a uma profundidade de 13 braças de águas claras e demos uma salva de 3 tiros. Logo depois, vimos o *Fortune*. À medida que se aproximava, ia disparando tiros a intervalos de um minuto e vimos seu pavilhão a meio pau, o que nós entendemos como o triste comunicado de que o capitão Jackson havia morrido. A embarcação ancorou ali perto e o primeiro-imediato veio a bordo informar que, no meio do terrível vendaval da noite passada, o capitão havia falecido na mais profunda paz. Subi a bordo com Pierce e passei-lhe o comando. Ele se sentiu muito honrado com a incumbência. Logo depois, voltei ao *Duque de York* e, ao pôr do sol, ordenei uma salva fúnebre de 6 tiros.

*

Quarta, 23 de dezembro. Hoje de manhã o Sr. Pierce veio a bordo e manifestou o desejo de completar sua carga em outro lugar do litoral, pois os tripulantes haviam dito que aquela parte da África só lhes dera azar. Concordei com isso imediatamente. E que, se o tempo continuasse bom, o *Fortune* iria, anunciou ele, levantar âncora na subida da maré (...)

*

Sexta, 15 de janeiro. Às 8 da manhã, parti no bote para entregar Davy ao HMS *Humber*, navio de guerra, em Serra Leoa. Chuva forte e um mar tão revolto que por várias vezes achei que fôssemos afundar. Demos a volta em segurança no rochedo por volta das 3 da tarde e às 5 estava a bordo do *Humber*. Dispensei meu contramestre. Ao voltar, descobri que o carpinteiro havia terminado de fortificar o *barricado*. Na minha ausência, 1 menina havia sido adicionada à carga. Allen, médico, assegurou-me que ela foi uma pechincha. Um único olhar permitiu que eu confirmasse o julgamento dele. A primeira parte da noite viu o mar ficar revolto (...)

[No Mar, 10 de janeiro.

Queridíssima,

Nos últimos dias, não tive vontade de lhe escrever, por causa do imenso tormento do oceano. Mas, incapaz de aguentar mais um adiamento, agora forço meus olhos à luz de velas e tento formar palavras que, espero, não irão lhe cansar. No momento, não me vejo capaz de escrever prazerosamente a pessoa alguma, na terra ou no mar, a não ser a você, minha cara, já que minha cabeça está cheia daquelas pequenas preocupações em torno deste valoroso navio, e da vida das pessoas que estão aqui, cujos destinos foram a mim confiados. Essas são, verdadeiramente, preocupações pequenas, se comparadas ao amor que sinto por você, pois posso declarar, orgulhosamente, que não há hora de minha vida de que eu me lembre com prazer, exceto o tempo valioso e precioso que passei em sua companhia, e por isso acho que as inúmeras tristezas e amarguras da infeliz vida que tive até então não foram um preço alto a se pagar. Meu carinho por você vai além de qualquer palavra que eu possa usar ou encontrar, e eu simplesmente queria que fosse possível você viajar comigo e fortalecer meu espírito na hora do cansaço e das dificuldades, sem passar por tanto sofrimento. Como eles ficariam pequenos para mim! Mas reconheço que viajo para o exterior na segurança de saber que minha melhor parte, a mais preciosa, está segura em casa, e embora ela saiba que a ausência é dolorosa, entende que é para seu próprio bem. Estou muito engajado em minhas transações e todo dia conto com uma nova paisagem para descansar a mente; além disso, já estou acostumado ao sofrimento. Você, ao contrário, ao se casar com alguém como eu, acabou se expondo a um tipo de ansiedade que nunca fez parte de sua vida. Eu sei que você agiu assim por livre e espontânea vontade, e a amo ainda mais por todo esse sacrifício.

Minha última carta terminou de forma abrupta, pois eu estava doente e preocupado com um incidente que aconteceu durante o trabalho. Achei que ele poderia trazer sérias consequências, e, infelizmente, foi o que acabou acontecendo. Recebo muita contestação dos homens do mar, pois eles *sabem* que não tenho muita experiência de vida e eu *sei* que eles também não têm. Dizem que sou melancólico. Rebato argumentando que eles não sabem o que falam. Dizem que sou escravo de uma mulher só. Respondo que eles são escravos de centenas, de todos os tipos. Dizem que *não tenho* senso de humor e eu sinto pena do senso de humor deles. Declaram que não veem como posso ser feliz, e eu argumento com a certeza de que uma noite de bebedeira, ou o sorriso de uma prostituta, jamais daria prazer a alguém como eu. O tempo todo, tentam usar a voz da experiência contra mim, mas eu me mantenho firme em minha posição. Em meu navio, esse tipo de discórdia já quase se transformou em motim, pois entre os oficiais há um que me vê como pouco mais do que um *cavalheiro-passageiro*. Antes do embarque, já me haviam dito que eu deveria esperar inúmeros problemas de Davy, o contramestre, e recentemente ele soltou uma enxurrada de invectivas bêbadas contra mim e outras pessoas do grupo e, num surto de loucura, tentou tomar o controle do navio. Mas agora chega desse assunto, a não ser para dizer que, de fato, por muito pouco não foi tudo perdido, mas agora já nos aprumamos. Aparentemente, a disparidade entre a grande reputação de meu falecido pai e os meus joviais 26 anos atiçou algumas pessoas por aqui, sob a batuta talentosa de Davy, num frenesi de hostilidades, sendo a premissa que devo tudo às minhas relações, e nada à minha própria experiência ou capacidade. Mas, como disse, chega desse assunto.

Confesso que, quando estou sozinho, as lembranças de meu passado com você me enchem de uma doce preocupação e esse tipo de pensamento me dá enorme prazer, que só perde para o prazer de realmente estar com você. Já chorei muito na vida, mas sinto uma serenidade que jamais imaginei que sentiria até que pude chamá-la de minha. Ganhar seu amor foi meu principal desejo e, sem ele, tudo o que você possuísse e decidisse dar a mim não teria valor. Tenho a convicção de que você me ama, uma convicção que me põe acima de todas as distrações que possam me seduzir, e todas as dificuldades que apareçam diariamente em meu caminho. Quaisquer que sejam os perigos e sofrimentos que eu encontre, declaro aqui que nunca ninguém me ouviu reclamar. Os que estão em meu grupo e sentem pena de mim, porque pareço não gostar do que *eles* chamam de prazer, não sabem o que me faz sentir superior a isso. Nos velhos tempos, eu era tão ansioso por prazer quanto eles, mas você refinou totalmente o meu gosto, de modo que meu único prazer agora é sonhar com nossos futuros filhos e a família que teremos juntos. O que tenho em mente para o final desta viagem está tão fixo em meus pensamentos que ser reconhecido e premiado por você se sobrepõe a qualquer sofrimento que eu possa vir a enfrentar.

Sou etc.

Inviolavelmente seu.

James Hamilton.]

*

Quarta, 20 de janeiro (...) Tempo bom, o termômetro marcando 26 graus. De tarde, fui conferir se já haviam chegado novas mercadorias (...)

*

Sexta, 22 de janeiro (...) Ventos fortes do N para o NE, com um pouco de chuva. Comprei uma dupla de meninos-homens de um *príncipe* africano, como eles são denominados. Mandei o escaler para a costa com instruções de trazer um carregamento de água (...)

*

Quinta, 4 de fevereiro. Hoje de manhã, quando o sol raiou, fui saudado com a agradável vista do escaler e logo ele chegou a bordo com uma dúzia de escravos, sendo 4 homens, 2 mulheres, 1 menino-homem, 1 menino (1,30 m) e 4 garotinhas. Smith chegou trazendo notícias de que, nas próximas semanas, deve chegar uma leva excelente e sem concorrência. Nessas condições, os preços podem cair abaixo de 100 barras. À noite, mandei que o violinista tocasse e que todos bebessem algo forte. Dias muito movimentados estão por vir (...)

Sexta, 5 de fevereiro (...) Pus mais um pouco de carga no escaler e o mandei junto com um bote para o Sr. Johnson, com ordens de que ele seja um ferrenho negociador. O carpinteiro parece que se livrou do vício da bebida e está muito ocupado ampliando os tabiques das celas masculinas. Esta tarde negociei com um francês 2 âncoras de conhaque, 20 cwt* de arroz e um escravo-homem de dimensões sobrenaturais. Tempo quente e nublado.

---

* *Centum weight*, equivalente a 112 libras ou, aproximadamente, 50,8 quilos. (*N. do T.*)

Sábado, 6 de fevereiro. Hoje de manhã o bote voltou, na maré cheia, com a informação de que o *Robert*, chalupa da Nova Inglaterra, está mais abaixo na costa, com quase 200 escravos a bordo, e que houve uma insurreição lá dentro, na qual o primeiro-imediato, 2 marinheiros comuns e 27 escravos morreram. A boa-nova é que esse pedaço de litoral demonstrou ser um terreno muito fértil, e que nós podemos esperar que o escaler volte cheio. Às 4 da tarde, mandei o bote de volta, com mais bens (...)

*

Quarta, 17 de fevereiro (...) Um vento indigesto vem do interior. O médico e outras 4 pessoas estão com febre. O carpinteiro se mantém ocupado construindo tabiques nas celas das mulheres, o artilheiro limpa as armas (...)

*

Sábado, 27 de fevereiro (...) Uma calma constante. Às 3 da tarde, levantamos âncora para aproveitar a maré e seguir mais para o sul, mas quando o sol se pôs, mal deu para perceber qualquer avanço. Depois de construir mais uma plataforma nas celas masculinas, o trabalho do carpinteiro está encerrado. O navio tem espaço suficiente para carregar o resto dos escravos sem grandes inconveniências. Hoje aprontamos 6 bacamartes giratórios no *barricado* que espero serem suficientes para desencorajar qualquer ideia de rebelião entre os escravos (...)

Domingo, 28 de fevereiro. Ancoramos pela manhã a uma profundidade de 15 braças. Ondas muito altas na costa, o que impede os barcos de se aproximarem. Saí do navio de bote e fui até a barra, mas isso apresentou certo perigo, com o mar muito alto para um barco tão pequeno. Cheguei bem à cidade, ao pôr do sol. Meu maior desejo é comprar mais 50 escravos antes de continuar descendo para o sul, e tenho grandes motivos para esperar fazer isso aqui, nos próximos dias (...)

*

Sábado, 6 de março. Manhã clara com ventos que vêm do mar e do interior. A febre voltou a tomar conta da tripulação e infelizmente levou desta vida um certo Matthew Arthur. Fui obrigado a sepultá-lo imediatamente, o que para mim é uma grande ofensa. Mandei o bote para o litoral com 6 barris para serem enchidos de água. De noite, ele voltou com a água e ainda trouxe um bode como presente do rei. Demos uma salva de 5 tiros em sua homenagem. Parece que ele está ansioso para fazer negócios comigo (...)

Domingo, 7 de março. O dia começou com muita atividade. Esvaziei as celas das mulheres e deixei-as sem nada. Fiquei vendo o bote lutar para sair da barra e voltar com mais provisões. Estou começando a ficar cansado de esperar aqui, mas todos os relatos dizem que esse é o único lugar da costa em que posso ficar sem concorrência alguma. De tarde, o vento ficou mais forte e, como a correnteza está muito irregular, o barco gira feito um peão.

*

Sexta, 12 de março. Levantamos âncora às 3 da manhã e voltamos a baixá-la às 9. Navegamos para o sul e ancoramos a uma profundidade de 12 braças, ao pôr do sol. Vento fraco vindo do mar. Reparei que as canoas tentavam chegar até onde estamos e os negros faziam uma grande fogueira na praia. Atirei com uma das canhonetas e acendi uma tocha (...)

Sábado, 13 de março (...) Ao meio-dia as canoas voltaram a bordo trazendo 8 escravos, sendo 2 homens, 1 mulher, 2 meninos e 3 meninas. Todos pequenos; as meninas não chegam a 1,30 m. Wilson informou-me que encontrou o *Fortune* do Sr. Pierce, disse que o navio tinha mais de 300 escravos e que não comprou mais do que 3 por aqui, devido à baixa qualidade do material. Infelizmente, o bote dele se perdeu por aqui (...)

Domingo, 14 de março (...) À 1 da tarde, a brisa do mar aumentou e se tornou um vento fresco. Naveguei para SE, ao longo do litoral, e ancorei às 8 da noite, em frente à cidade, a uma profundidade de 13 braças. No caminho, vimos a *Charity* (Donald), uma chalupa da Nova Inglaterra, quase toda repleta de escravos. Recebi informações do Sr. Donald que os preços por aqui estão mais absurdos do que nunca, mas acho que ele está tentando me enganar. Pouco antes da meia-noite, foi-se embora desta vida nosso cozinheiro, Jonathan Swain, depois de uma semana inteira doente. Tinha delírios constantes.

Segunda, 15 de março (...) Fiquei deitado até o meio-dia esperando uma canoa, mas nada apareceu. Baixei âncora à noite (...)

*

Quinta, 25 de março. De dia, vimos um escaler na praia. Chegou a bordo às 9 da manhã, trazendo 5 escravos, 2 belos meninos e 3 mulheres velhas, que eu mandei que fossem dispensadas. Recebi um relato pouco simpático da situação a sotavento, sobre o rio estar infestado de uma epidemia que está destruindo quase todos os escravos. O *Britannia* (Parsons), de Londres, foi obrigado a sair antes de concluir o serviço, depois de enterrar 25 na praia. Desmontei, limpei e remontei as armas menores. Ao entardecer, avistei uma chalupa na costa (...)

*

Sexta, 2 de abril (...) Por obra e graça da Divina Providência, descobri hoje, bem em tempo, que os escravos estavam tramando uma rebelião. Surpreendi 4 deles tentando sair dos ferros e, depois de dar uma busca mais detalhada nos aposentos deles, encontramos facas, pedras, balas etc. Coloquei 2 deles nos ferros e apertei delicadamente as algemas de polegares, para fazê-los contar quem eram os líderes. De tarde, deixei mais 5 com ferros no pescoço.

*

Quarta, 7 de abril. Levantamos âncora de manhã. Logo depois vi um navio a barlavento se aproximando rapidamente de nós. Ao meio-dia subi a bordo e forneci ao *Highlander* (Daniel Wilkes), de Londres, material para a construção de um novo forte na Costa do Ouro. Informei-lhe que gostaria de levar alguns escravos, pois estamos com pouca gente, por causa da epidemia. Não pretendo comprar mais escravos de menos de 1,30m. Voltei em um bote que vazava água (...)

Quinta, 8 de abril (...) Icei o bote para o convés, pois ele mal conseguia se manter na água. Trabalho para o carpinteiro. Ele me informou que será obrigado a retirar todas as tábuas do piso, pois foram totalmente destruídas pelos vermes. O médico me informou que 5 de nossos tripulantes brancos e 11 escravos estão com o fluxo, mas todos com possibilidade de se recuperar (...)

Sexta, 9 de abril. Tempo bom. Brisa vinda do mar. Às 9 da manhã, fomos até a costa, mas como o Sr. Ellis não estava na praia, determinei que fôssemos até a cidade dele. Comprei um homem de um estranho e mandei que fosse embarcado. Depois, segui viagem. Encontrei o Sr. Ellis pouco antes do anoitecer. Ele me garantiu que, se eu ficar 21 dias, vai me vender todos os escravos que eu puder comprar, um lote muito variado, e com isso o navio estará totalmente lotado.

Sábado, 10 de abril. Saí da residência do Sr. Ellis ao nascer do sol e cheguei a bordo com segurança às 3 da tarde. Vi outras 3 embarcações passando por nós e temi que elas pudessem estragar minhas negociações. Felizmente, nenhuma ancorou perto de nós. Às 6 da tarde, George Robinson seduziu uma escrava prenhe e se deitou com ela às vistas de todos no convés dos oficiais. Foi posto a ferro. Desconfio que esse não seja o primeiro caso do gênero a bordo. O número dela é 72 (...)

*

Quinta, 15 de abril. Desci até a praia, onde estive com o Sr. Ellis, mas dele só recebi 7 escravos homens. Ele diz que eu preciso ter paciência, porque ele está tão decepcionado quanto eu (...)

*

Sábado, 17 de abril (...) Quando estávamos levando os escravos ao calabouço esta noite, um deles, que estava febril, pulou no mar (nº 97). Foi resgatado, mas morreu imediatamente, por causa da doença e de toda a água salgada que engoliu. Ficar muito mais tempo nesta costa pode começar a afetar meus interesses e diminuir o lucro esperado. Ainda não sei ao certo quando é que vou poder partir para as Américas.

Domingo, 18 de abril. De manhã avistei um brigue inglês ancorado, me aproximei e subi a bordo. Era o *Dolphin* (Freeman), que partiu há dez semanas de Liverpool, está há seis dias na costa e me trouxe uma carta de seus proprietários, que foi muito bem recebida (...)

Segunda, 19 de abril. Tempo feio, com muitos raios, trovões e ventos instáveis. De manhã cedo, chegou uma canoa ao nosso navio com dois jovens comerciantes para oferecer seus serviços, Matthew Coburn e Peter Ross, da região do rio, e os mandei de volta ao litoral com arroz e outros bens e com a ordem de conseguir escravos. Estou ficando cada vez mais impaciente com o Sr. Ellis e decidido a negociar com qualquer um que me traga escravos. Esta tarde o tempo melhorou um pouco. Soltei as velas e deixei-as ao vento; desmontei e recarreguei as armas de mão (...)

Terça, 20 de abril (...) Hoje sepultei 2 bons escravos homens, n⁰ˢ 27 e 43, que estavam doentes há algum tempo mas que não achávamos que corressem risco de vida. Estavam com algum tipo de letargia, da qual eles normalmente se recuperam. Fiz com que limpassem as celas masculinas e depois mandei aspergir todo o navio com fumo e alcatrão por 3 horas; depois ainda ordenei que limpassem tudo com vinagre (...)

Quarta, 21 de abril (...) Coburn e Ross subiram a bordo. Trouxeram uma canoa cheia de madeira, mas nenhum escravo. Paguei com 12 barris de água e informei-lhes meu desejo de receber mais arroz e algumas galinhas etc. Sepultei um escravo homem (n⁰ 8) que há 10 dias estava doente, tinha um fluxo que não passava de jeito nenhum. Esta noite, a chalupa do Sr. Ellis atravessou a barra e ele pediu que eu preparasse bens no valor de mil barras. À 1 da manhã, vi John Johnson entrando ilegalmente na despensa dos oficiais para roubar conhaque. Posto a ferro.

Quinta, 22 de abril (...) Tirei Johnson dos ferros e dei-lhe uma boa dúzia de chibatadas. Do pôr do sol até a meia-noite o tempo ficou muito ruim, com chuva forte, rajadas violentas de vento e ondas muito altas. Nessa confusão, duas escravas moças, que já vinham com fluxo havia muito tempo, acabaram morrendo (n°s 117 e 127).

Sexta, 23 de abril. Quando amanheceu, um brigue e uma chalupa, ambos franceses, ancoraram a sotavento. Tempo muito ruim e mar revolto. Às 7 da noite, partiu desta vida Edward White, auxiliar de carpinteiro, depois de 7 dias com febre nervosa. Sepultado imediatamente. Trouxe a bordo um menino, n° 29, que está muito mal e com o corpo violentamente assolado pelo fluxo. Estou com 3 brancos completamente inúteis (...)

Sábado, 24 de abril. Às 8 da manhã, tudo calmo. Quando fui checar as velas reservas, descobri que os ratos fizeram um grande estrago. Estamos com a embarcação cheia deles, já que os gatos que trouxemos da Inglaterra se foram há muito tempo. Por volta do meio-dia vi a chalupa do Sr. Ellis com doses iguais de surpresa e prazer, porque eu já tinha quase desistido dele. Às 3 da tarde, ele embarcou com 10 escravos, sendo 3 homens, 3 mulheres, 1 garoto, 2 garotas e 1 menino pequeno. O Sr. Ellis pediu desculpas pela demora, por causa de uma epidemia que os acometeu no rio. Ele parece ter se recuperado bem, mas, aparentemente, seus dois sócios estão à beira da morte. O Sr. Ellis diz estar na posse de 30 escravos de boa qualidade, os quais me ofereceu. Ele exigiu 75 barras, que, nos tempos de hoje, parecem ser um bom preço. Dei-lhe bens para estimulá-lo a voltar com os escravos. Mandei o bote para a praia com barris de água e instruções para voltar com arroz, inhame, óleo de palma etc.

Domingo, 25 de abril (...) O Sr. Coburn e o Sr. Ross trouxeram 2 meninos, ambos com menos de 1,20m. Mandei devolver, com ordens muito claras de que já temos crianças em número suficiente, pelo preço em que estão. Deles recebi 20 galões de óleo de palma, 8 cwt. de arroz, além de inhame e bananas-de-são-tomé. Esta tarde dei uma limpa no escaler, uma mão de cada lado e esfreguei o chão. Também icei o bote e o limpei (...)

Segunda, 26 de abril. De manhã, um vento de popa, vindo do mar. Mandei o carpinteiro fazer um remo novo para o escaler. Às 8 da manhã, um navio ancorou perto de nós. O *Mermaid*, escuna, de Nova York. Depois chegou a sotavento o HMS *Prince Edward* (capitão Henry). Recebido com uma salva de 5 tiros. Esta tarde partiu desta vida o segundo-imediato, Francis Foster, depois de uma febre das mais violentas. Temo que sua morte vá atrasar nossos negócios, pois era uma pessoa muito diligente e sempre tinha muita influência sobre os nativos. Ao pôr do sol, sepultamos o Sr. Foster. Pavilhão hasteado a meio mastro, salva de 12 tiros. Vamos mandar o bote até o *Prince Edward* na maré da manhã.

[África Ocidental, 25 de abril.

Queridíssima,

Esses últimos dias estiveram entre os mais exaustivos de minha vida. Por isso, escrevo a você, na esperança de poder reparar esse infortúnio. Aqueles, além de mim, que experimentaram noites prazerosas e agradáveis em sua companhia jamais poderiam imaginar o contraste entre momentos tão doces como esses e minha atual e infeliz situação. Sou incessantemente assaltado pelo barulho dos escravos e dos mercadores; sufocado pelo calor e sujeito a conversas infindáveis, sendo que a maioria não tem qualquer objetivo sério. Esta noite, consegui dormir umas duas horas e sonhei com você. Eu *vi* nós dois trabalhando juntos e discorrendo sobre as muitas coisas que aconteceram desde minha partida. Repousamos sob uma árvore muito bem servida de galhos e revivemos a cena mais feliz de minha vida, a primeira vez que você me deu a sua mão. Fiquei assim, meio bobo, por algum tempo, e cheguei a te deixar constrangida com minha confusão. Mas meu coração estava tão pleno, com batidas tão fortes e irregulares, que eu simplesmente não soube como falar uma palavra. Sua bondade e sua paciência logo me devolveram o uso da língua e nós dois concordamos que os momentos muito íntimos que se seguiram são a fonte de nossa suprema felicidade. Mas meu sonho foi invadido pela luz do dia e o barulho das pessoas sobre a minha cabeça quebrou toda a bela ilusão. Tive que me submeter, muito contra a vontade, a um cenário bem diferente.

A principal causa de minha insônia — aliás, de todo o meu estresse — é a intransigência insensível demonstrada por um tal de Sr. Ellis. Todas as vezes que indago sobre meu pai, ele interrompe minhas perguntas. Pedi a ele muitas vezes que me transportasse até o lugar onde meu falecido pai há apenas dois anos perdeu a vida, mas ele se recusa a me ajudar. Ele pode ver com toda a clareza que preciso dar vazão à minha dor, mas responde a todas as minhas tentativas com a curiosa sugestão de que meu pai foi um mercador imprudente e impetuoso demais. E vai mais além: insinua que meu pai cultivava um ódio apaixonado, em vez de um distanciamento comercial, em relação às pobres criaturas que ficavam sob sua guarda, e pede para que eu não incida no mesmo erro. Mais do que isso, porém, ele não fala, por maior que seja o fervor com que eu lhe implore. Fiz saber que era seu dever cristão me deixar ver o local de descanso de meu pai, mas o Sr. Ellis fez troça de mim e disse que nenhuma pessoa com meu sobrenome poderia se dizer ligada à fé cristã. Confesso que fui incapaz de responder a essa acusação, pois de fato meu próprio pai acreditava que os ensinamentos do Senhor eram incompatíveis com a profissão que ele exercia e que era uma idiotice tentar misturar esses dois opostos dentro do peito. Todavia, meu pai nunca fez menção a esse *ódio* que o Sr. Ellis afirma ter selado seu destino. Minha cara, também devo confessar que sinto uma forte repugnância a eles, mas ódio é uma palavra forte demais para descrever meus instintos naturais, pois da mesma maneira que uma dedicação contínua a este ofício e uma fé em Deus muito forte não podem existir no mesmo peito, o coração de uma pessoa com certeza não pode conter as paixões conflitantes do amor e do ódio. Isto sendo verdade, então o coração de meu pai deve ter se endurecido em sua derradeira viagem; ou isso, ou então foi simplesmente partido ao meio. Aparentemente, o Sr. Ellis está decidido a não compartilhar comigo os detalhes mais íntimos deste mistério e me deixa extremamente irritado o fato de suas respostas serem construídas de modo a insinuar que o único impedimento a uma confissão mais plena sejam meus poucos anos de vida.

Acredito que meu pobre segundo-imediato, Foster, logo seja jogado ao mar. Vou sentir falta dele não só por mim, mas também por causa de você, pois muitas vezes desanuviei a mente falando de você para ele. Julguei que ele fosse a única pessoa com quem eu pudesse falar desse assunto, e além dele não há ninguém aqui com quem eu ousaria degradar seu nome. Assim, daqui por diante serei obrigado a manter minhas dores e meus prazeres comigo, e provavelmente vou fazer o que resta desta viagem sozinho. Mas não vou querer a companhia de ninguém, contentando-me em me lembrar do quanto sou feliz em sua companhia. Esta madrugada subi até o convés, onde o tempo estava perfeitamente tranquilo, a lua brilhando, e passei uma hora inteira pensando intensamente em você. Tive a esperança de que você estivesse desfrutando de um sono agradável, livre dos pensamentos calamitosos que assolam seu amado pelos mares do mundo. Enquanto você puder contar com boa saúde e uma porção razoável das boas coisas da vida, eu vou suportar todas as mudanças do mundo. Você me pediu para tomar cuidado com a minha vida, para o seu próprio bem, que é um argumento dos mais tocantes. Não sei qual de nós irá partir primeiro, mas é provável que nós tenhamos que sobreviver à notícia da morte um do outro. Se este peso couber a mim, não sei dizer como irei suportá-lo, pois ainda sou jovem demais para sequer chorar plenamente a perda de minha mãe, sendo que a do meu pai foi somente o primeiro golpe, e dos mais severos. Que eu o amava está fora de qualquer contestação, embora, de certa maneira, ele sempre tenha sido um estranho para mim, como acontece com frequência com um grande homem. Já meu amor por você é de uma dimensão totalmente diferente, e eu temo que, se você partir primeiro, eu logo me junte a você. Nesse meio-tempo, não espero passar pela vida sem me deparar com dificuldades, mas tenho grande confiança em meu amor por você, que eu não trocaria por qualquer pagamento que o mundo viesse a me oferecer. Vou tentar falar com o Sr. Ellis de novo, mas acredito que voltarei a ser refutado, para sair deste litoral com o conhecimento de que, apesar das insinuações do Sr. Ellis, a reputação do meu pai se mantém e continuará crescendo, mesmo que a do filho dele — o jovial *cavalheiro-passageiro* — continue a ser alvo de deboche dos *cães salgados* que, eu temo, sempre irão acreditar que só cheguei até aqui por causa de minhas costas quentes. Pouco importa. Para mim, basta dizer que eu como, bebo e às vezes até durmo. Estou bem de saúde, e até com certo bom humor, e vou fazer tudo o que for necessário para termos um feliz reencontro no futuro, pois além dessa comunidade mercantil está a vida em família. Minha querida, quero tanto repousar tranquilamente em seus braços e me deleitar com as alegrias que imagino que os nossos sonhados filhos irão nos proporcionar...

                    Seu etc.

                    James Hamilton.]

Terça, 27 de abril (...) Passei a maior parte do dia aprontando o escaler. Nele coloquei bens suficientes para 10 escravos e o despachei para a praia. À tarde, soltei e arejei as velas e aspergi o navio com tabaco e enxofre. Mandei o bote à praia para induzir uma grande canoa a comprar mais dos nossos barris de água.

Quarta, 28 de abril. Pela manhã, sepultei uma bela menina-moça (nº 123), por causa de uma febre que a destruiu num único dia, depois de muitos gritos e vômitos. O médico, agora já recuperado, está ficando ansioso. As altas ondas fazem a embarcação balançar muito. Estamos no aguardo do Sr. Ellis. Trabalhamos consertando as velas, mas os ratos são mais fortes que nós. Eles sempre mordem as pessoas que pegam dormindo. Esta noite, encontrei 3 facas e utensílios do gênero no banheiro masculino.

Quinta, 29 de abril. Vento seco do litoral às 8 da manhã. Hoje de manhã coloquei mais víveres e provisões na escuna e a despachei para o rio. Logo depois, sepultei um escravo homem (nº 39). O fluxo dele era tão forte que derrotou todos os remédios que possuíamos. Às 2 da tarde, mandei o escaler até a barra, com ordens para limpá-lo e enchê-lo de mais barris de água e para trazer o Sr. Ellis, se ele puder ser localizado. À noite, o escaler voltou com a informação de que o Sr. Ellis virá em breve. O Coburn e Ross parecem estar negociando com a escuna francesa que está atracada mais à frente.

Sexta, 30 de abril. De manhã cedo, o brigue *Wanderer* (Jones), de Rhode Island, ancorou perto de nós. Às 10 da manhã ele veio a bordo e informou-me que no sul há muitos navios, mas nenhum escravo. Comprei um barril de rum do capitão Jones. Esta noite um navio passou por nós, sem bandeira. Limpamos e carregamos as armas de mão. Por volta da meia-noite, muitos raios e nuvens ameaçadoras por toda parte.

Sábado, 1º de maio (...) As canoas fazem uma única viagem trazendo a água. Economizei uma barrica e meia. As frequentes chuvas torrenciais nos impediram de fazer mais de uma viagem. Não posso mandar o escaler, por causa da correnteza que está mais forte do que ele é capaz de avançar. O tanoeiro já acabou de trabalhar nas barricas e nós temos de esperar. Sepultei uma menina escrava (nº 20), morta devido ao fluxo. Se eu não conseguir lotar o navio de escravos antes do próximo vendaval e a correnteza subir, acho que é melhor aceitar o prejuízo e deixar o lucro para o Sr. Ellis a ficar aqui, sem qualquer motivo.

Domingo, 2 de maio (...) O tempo corre depressa e, temo dizer, a doença se alastra também. Quase todo dia sempre um ou dois são acometidos pelo fluxo, do qual um menino-homem (nº 59) morreu esta noite. Atribuo isso aos mantimentos ingleses e começo a lhes dar arroz. Comprei 24 barris de água e 3 carregamentos de madeira. Nenhuma notícia do Sr. Ellis. Um tal de William Givens veio com 290 libras de arroz e 2 mulheres escravas. Paguei e o instei a trazer mais, se os tiver, sem demora.

Segunda, 3 de maio. O Sr. Ellis escolheu esta manhã para nos abençoar com sua presença. Pouco depois das 9 horas, as canoas grandes atravessaram a barra e antes do meio-dia, estavam todos a bordo: 32 escravos, sendo 19 homens, 3 meninos-homens, 4 mulheres e 6 meninas, nenhum de se jogar fora. Aprontei o escaler para pessoal do Sr. Ellis e mandei o resto das barras nele. O piso já está muito corroído pela ação dos vermes e o escaler já me causou inconveniências demais (...)

*

Quinta, 6 de maio (...) Duas viagens com o bote para pegar arroz e água. As canoas trouxeram 6 carregamentos de madeira. Embarcamos 4 mil libras de arroz, seco e em bom estado. As mãos dos trabalhadores encheram mais de 5 barris. Temos quase 7 toneladas de arroz em bom estado de conservação. Mais uma remessa de água e de madeira na parte da tarde pôs um fim a esse trabalho pesado. Sepultamos um menino escravo (nº 189), também morto de fluxo. O Sr. Ellis me fez a promessa de mais negócios, pela manhã, se o vento não nos incentivar a partir. Por volta da meia-noite, veio um vento do interior, trazendo chuva.

Sexta, 7 de maio. Levantamos âncora de manhã cedo, com o vento que vem do interior, navegamos para o sul e ancoramos às 2 da tarde, em frente às árvores, a uma profundidade de 15 braças. Acho que nosso *Duque de York* encontrou um novo pouso. Tempo feio a noite inteira. Enchemos 4 barricas de água da chuva. O *Wanderer* passou por nós, em alto-mar.

Sábado, 8 de maio. Tempo instável, com muita chuva. Não foi possível navegar em momento algum do dia, até as 6 da tarde, quando pegamos uma rajada forte no sentido O. Aproveitei a ocasião e partimos imediatamente. Soltei o escaler com 3 homens, pois estava pesado demais para se rebocar. Nosso estoque de suprimentos está começando a escassear (...)

*

Terça, 11 de maio. Neblina espessa e constante. Às 8 da manhã levantamos âncora. Chegamos a uma profundidade de 11 braças, que é o máximo em que me permito aventurar, mas não pude enxergar nada do litoral, embora tenhamos visto os quebra-mares muito altos. Ao meio-dia o vento diminuiu e a neblina aumentou. Não foi possível ver a costa, mas, pelo barulho das ondas, acreditamos estar muito perto. Estacionamos a 12 braças e lançamos âncora, pois não seria seguro manobrar. Içamos o bote e aplicamos uma mão de piche, enxofre e alcatrão (...)

*

Terça, 13 de maio (...) Começamos a sentir falta de água e de lenha. Ao meio-dia, levantamos âncora com o vento do interior, a neblina cada vez mais densa. Manobramos para o norte, a uma profundidade de 13 braças. Às 3 da tarde ancoramos, temendo continuar navegando tão perto da costa. Proponho usarmos o bote amanhã, se o tempo não melhorar. Continuo convencido de que estamos perto da feitoria.

Sexta, 14 de maio (...) Smith voltou à tarde e informou que estávamos a apenas 1 légua da feitoria. Trouxe água fresca com ele e a informação de que alegremente nos deixará comprar 3 toneladas de arroz, que me são absolutamente necessárias. Outros artigos também devem ser embarcados, sem maiores dificuldades. Dei uma salva de 5 tiros, depois que ele se foi.

*

Quarta, 19 de maio (...) Hoje de manhã testemunhei a entrega da última remessa de 3 canoas de lenha. Tenho pouco para fazer aqui agora. Cumprindo a promessa, paguei com meus últimos tecidos. Contornei o banco de areia com o escaler e rezei um pouco na capela da feitoria. Permaneci junto às paredes caiadas da feitoria, esperando que o escaler voltasse e me levasse para além do banco de areia. Um sujeito calado se aproximou. Comprei 2 meninos-homens fortes e uma garota orgulhosa. Acredito que com isso se encerrem os negócios a que se propõe esta viagem.

Quinta, 20 de maio. Às 2 da tarde parti com um vento leve para Oeste. Mas avancei pouco, por causa das altas ondas. Ouvimos vários trovões. De manhã cedo sepultamos um escravo homem (nº 62) que morreu de pleurisia. Ao meio-dia também me senti meio indisposto, devido a uma leve febre, e meus olhos ficaram muito cansados. O Sr. Allen me garante que (graças a Deus) vou me recuperar. A compra, relativamente modesta, de 210 escravos ainda vai garantir um pouco de minha mortalidade. À noite, por obra da Providência, descobri uma conspiração dos escravos homens para se insurgir contra nós. Quase 30 deles haviam rompido os ferros. Voltei a prendê-los e puni os líderes. Se eles tivessem se erguido no litoral, quando seis de nós estavam em terra, não posso imaginar as consequências. Pareceram tristes e ressentidos, com as cabeças cheias de más intenções. Antes da meia-noite, sepultei mais 3 escravas (nºs 71, 104 e 109). Não sei do que morreram, pois não estavam lá muito vivas desde que embarcaram (...)

Sexta, 21 de maio (...) Durante a noite, um vento forte nos pegou de surpresa, trazendo uma forte tempestade. Geraram um mar revolto, que me meteu muito medo, pois não me lembro de ter passado por coisa igual, desde que me lancei ao oceano pela primeira vez. De manhã cedo, trouxe os escravos mal-humorados para o convés, mas o ar está tão cortante que eles não aguentam nem lavar nem dançar. Eles se abraçam e juntos cantam alguns lamentos tristonhos. Perdemos a África de vista (...)

IV
Em algum lugar da Inglaterra

1

JUNHO DE 1942

Eles chegaram hoje. Primeiro ouvi o barulho distante dos caminhões, depois o ronco dos motores – estavam subindo o morro. Saí da loja e fiquei observando. Os caminhões se enfileiraram no portão. Alguns já tinham conseguido passar e tiraram lascas da moldura dos portões. Os que esperavam mantinham os motores ligados, desperdiçando combustível. E então os homens começaram a saltar dos caminhões. Alongavam-se e olhavam em volta. Um por um, começaram a perambular pela rua. Tinham uma expressão triste, como meninos perdidos. Alguns dos moradores da cidade não conseguiram se conter. Começaram a cochichar uns para os outros e a apontar. Acho que todos nós estávamos assustados, porque nada nos havia preparado para isso. Logo todos os caminhões estavam vazios e os últimos homens desapareciam de vista, fumando nervosos seus cigarros, segurando-os entre o polegar e o indicador. Eu queria avisá-los, mas já tinham ido embora. Tarde demais. Preparamo-nos para voltar às nossas atividades diárias. Estávamos no meio da tarde.

De um dia de verão. O tempo estava magnífico e nossos jardins, uma disputa entre margaridas e jacintos. Depois que os homens desapareceram, todos os olhos se voltaram para mim. Agora eu é que era o objeto da curiosidade alheia. A intrusa que aparecera sem ser convidada. Não havia ninguém com quem eu pudesse cochichar. Respondi a todos aqueles olhares acusadores e voltei para dentro da loja.

JUNHO DE 1939

A cada 15 dias ele vinha até a cidade a fim de comprar coisas para sua loja. Eu era gerente do armazém, encarregada de manter a contabilidade em ordem e colocar um sorriso no rosto sempre que alguém entrasse. E então ele entrou, mas dessa vez pronunciando palavras que até então estavam presas na garganta. Falou com muito cuidado. Já faz algum tempo que venho aqui. É, eu sei. Você não é casada, é? Balancei a cabeça em negativa. Eu estava pensando se você gostaria de tomar um drinque comigo. Se eu gostaria? Ele não era grande coisa em matéria de beleza. Mas não parecia capaz de fazer mal a alguém. Pelo menos não a mim. Por isso eu disse sim e me vi num canto do Brown Fox com ele e as palavras dele. Distribuídas com maestria, perguntando todo tipo de coisa a meu respeito, interessado apenas — até aquele momento — em me encaminhar para os assuntos que ele sem dúvida imaginava que o fariam parecer fascinante. Eu falava e ele ouvia, mas não era nada fascinante. Em um determinado momento, falei que morava com minha mãe. Em 1926, ela fora buscar conforto no corpo de Cristo. Tinha perdido o marido e depois ainda perdera o emprego, durante a Greve Geral. Felizmente, Deus a acolhera. Isso quer dizer que Deus a acolheu para trabalhar pela obra Dele. Nesta terra. Desde então, ela não tem feito muita coisa, a não ser o trabalho de Deus. Ele assentiu e abriu um sorriso. Este homem que, provavelmente, esteve poucas vezes no interior de uma igreja. Talvez fosse isso o que eu gostava nele. O fato de eu poder perceber sua ignorância. De eu ser capaz de lê-lo como se fosse um livro. Outro drinque? Por que não? Ele que está pagando... Pensei em minha mãe. Ela já deve estar fingindo que está dando pela minha falta. Eu a conheço muito bem. Deve estar olhando para o relógio e balançando a cabeça. Querendo saber o que estou aprontando, ficando fora depois das 8. Mãe, eu tenho 21 anos. Mas ela tinha aperfeiçoado tanto seu olhar de desprezo... Percebi isso naquela noite e nas semanas que se seguiram, sempre que eu voltava do pub. Mas ela nunca fazia perguntas. Era como se ela não quisesse perguntar, para não dar a entender que ela se preocupava comigo. Isso eu podia ver. Que ela se preocupava, mas não queria que eu soubesse disso. Ela tinha raiva de mim. Sempre teve. Ele passou a aparecer duas vezes por semana. Numa noite, no Brown Fox, eu disse que sim. Mas deixei claro que preferia que fosse num cartório e não numa igreja. Falei que achava que nós dois não combinávamos com igreja e toda aquela cerimônia. O que você acha? Ele concordou e assim eu terminei minha cerveja e me preparei para sair. Notei que, nesses últimos dias, ele não passava muito tempo perguntando sobre minha vida. Agora era sempre a vida dele. Disse que não havia mais muitas donzelas na cidade onde morava. E que agora, aos 30 anos, ele tinha que se apressar. Deu uma gargalhada alta demais. Enquanto esperávamos pelo ônibus, tentamos nosso primeiro ensaio de beijo. Eu devia ter percebido ali.

AGOSTO DE 1939

Quando percebeu que eu estava falando sério de me casar com Len, ela parou de falar comigo. Eu ficava na frente dela, mas ela nem erguia os olhos. Ficava brincando com o bordado, passando a sobrecoberta de uma das mãos para a outra, puxando para lá e para cá. Falei que, daquele jeito, a coberta ia ficar disforme, mas ela não me ouviu. Ficou sentada impassível, digerindo a informação de que, dentro em breve, eu iria sair de casa. Estava tentando compreender o fato de que alguém realmente me queria. Que, apesar da minha história, eu poderia ser interessante, ainda que não muito atraente, para alguém. Ela havia me dito muitas vezes que não confiava nos homens. Eles sempre te abandonam do jeito mais cruel. E ela não tinha razão? Um dia eles estão aqui, no outro já se mandaram. Meu Deus do céu. Só havia alguém em quem se podia confiar. Quando o Senhor diz para virem a ele, Ele não queria dizer enquanto os pubs estiverem abertos, ou até Ele arranjar outra mulher. O Senhor a aceita de braços abertos e a abraça. Ela fez sinal para eu me sentar. Esta casa, pensei. Eu tinha vontade de gritar. Pelo menos eu poderia me livrar desse lixo 3x4. Ela deixou o bordado de lado. Tem certeza de que é ele mesmo que você quer? É claro que eu não tinha certeza. Eu só o conhecia fazia sete semanas. Ela me olhou, como se estivesse querendo me alertar sobre alguma coisa. Mas, como ela perdera o marido na Grande Guerra, talvez tivesse mesmo razão de me alertar. Eu garanti que, se estourasse uma guerra, ele não seria convocado. Ele tem o pulmão negro, por causa da mina de carvão. Se estourar uma guerra, ele não vai a lugar algum. Ela ficou olhando. Desviei o olhar para ver o retrato de meu pai, que ficava em cima da lareira. Não tinha lembranças dele, eu era só um bebê quando ele morreu. Ela nunca me contou nada sobre aquele homem, naquele chapéu de pele engraçado, debaixo de uma castanheira e olhando direto para a lente da câmera. Um homem feliz e confiante. Um homem que eu tinha certeza que não aguentaria uma mulher como a minha mãe. Mas talvez ela também fosse diferente, naquela época. De vez em quando eu encontrava meu pai numa placa de bronze, perto da prefeitura, mas o nome dele estava misturado com o de centenas de outros. Era só um lugar para encontrá-lo, não para descobri-lo. Quando ela morrer, vou ficar com a foto. Ela poderá me ajudar a descobri-lo. Pelo menos, é o que eu acho. E então eu ouço a voz dela. Se você tem mesmo que sair de casa, então que seja. Imagino que fosse a maneira dela de dar sua bênção. Mas ela foi em frente. Pelo menos você não vai se casar com um soldado. Isso é uma coisa que você nunca deve fazer, porque vai acabar ficando sozinha. E voltou a se calar.

Exatamente quando eu já estava pensando que até que as coisas não tinham corrido muito mal, ela me provocou. Os homens são melhores quando estão na caça. Achei que eu deveria avisá-la. Mas eu imaginava que você já tivesse percebido isso sozinha.

JUNHO DE 1942

Pelo visto, não demos muita sorte de tê-los em nossa aldeia. Já está em todos os jornais. Fomos invadidos, sim, mas não pelos alemães. Fomos invadidos pelos malditos ianques. Ninguém gosta muito de tê-los por aqui, mas a prefeitura é grande e tem bastante espaço para todas as tendas e os outros negócios deles. Todo mundo está esperando problema. As pessoas só falam da arrogância dos ianques. Falam que eles pensam que tudo o que eles têm a fazer é tocar as cornetas que as muralhas da Alemanha vão desmoronar. Mas nós estamos quietos. Eles ficam lá entre eles e, quando falam com a gente, até que são educados. Eu os vejo cuidando das coisas deles. E muitos gostam de ir até a igreja. Eles se vestem tão bem que a gente fica até com vergonha. É fácil distinguir os policiais militares, com suas luvas e seus capacetes brancos. A verdade é que eles não se misturam muito com a gente, eles têm seus próprios jornais, filmes, rádio e tudo o mais. Para alívio da maioria das pessoas por aqui, eles não se misturam com a gente. Hoje de manhã, passei por um deles. Estava assobiando e mascando chiclete ao mesmo tempo, o que o deixava parecido com um peixe. Quando ele me viu, baixou os olhos. Pude ver que estava um pouco amedrontado. Dei bom-dia quando passei, mas ele se encolheu um pouco e fingiu não ter ouvido. Mas então, quase como se fosse uma voz do além, eu o ouvi sussurrar: Bom-dia, madame.

JULHO DE 1942

Eles ficam na minha loja, conversando. Geralmente são dois. Às vezes três. Não deixam espaço para mais ninguém. Destacam os cupons e os depositam no balcão. Não estou nem aí. Tenho de pedir os cartões. É a lei. E não estou de brincadeira. Se me prenderem também, quem é que vai cuidar da loja? Eles ficam ali, falando sobre os ianques. Ainda estão chocados. Diria que até mesmo aborrecidos. Então se dão conta de minha presença e lembram que posso ouvir o que estão dizendo. E vão embora. Mas não antes de me darem um sorriso cheio de nicotina. Ouço um deles dizer que ela está com saudades do Len e sei que ele falou de propósito para eu ouvir.

AGOSTO DE 1942

Tenho aproveitado os longos dias de verão. Gosto de assistir ao pôr do sol pela janela do pub. Lá tenho meu canto. Bem, não é exatamente meu canto, mas é um canto em que parece que ninguém mais quer sentar. Talvez porque já sabem que eu gosto de ficar ali. Provavelmente acham que podem pegar alguma doença de uma plebeia como eu. Até parece. Gente atrevida. Eu não perturbo ninguém. Só fico sentada no meu canto e tomo a minha bitter e vejo o sol se pôr. Eu não costumava fazer isso quando ele vinha aqui. O pub era o território dele. O meu era na parte de cima da loja, esperando que ele voltasse. O valentão. Eu não imagino que eles esperassem que eu me rebaixasse e entrasse no pub. Imagino que eles pensem que eu esteja me sentindo sozinha, ou coisa parecida. Bem, eles que pensem o que quiserem. Não estou a fim de ninguém. Só estou tomando um drinque. O melhor amigo dele está no bar. Um vagabundo de talento. Sempre pronto para vir até onde estou, tocar no boné como cumprimento e perguntar se está tudo bem. Mal dá tempo de eu pronunciar as palavras (Tudo bem, Stan, obrigada) e ele já está de volta ao bar, com o pé para cima e às vezes girando o banco para olhar para mim (e sorrir, acenar ou cumprimentar com a cabeça), antes de virar as costas e começar a falar de mim para as outras pessoas. Eu poderia muito bem dar uma garrafada na cabeça dele. Hipócrita. Essa noite é a da Guarda do Interior. Com aqueles uniformes idiotas. Só uma arma para todos eles. Quem vai carregar a arma hoje? Que Deus nos ajude se isso é o melhor que eles podem fazer para derrotar os hunos. Um açougueiro, um padeiro e um fabricante de castiçais. Meia dúzia de operários e fazendeiros, uns dois almofadinhas e um policial que se acha melhor que os outros, só porque tem um uniforme de verdade. Eles dão início à reunião. Me olham como se eu estivesse atrapalhando. Eu devolvo o olhar com firmeza. Nós temos que impedir que qualquer coisa caia nos campos daqui. A mesma conversa da semana passada. Aviões, planadores, caças, tudo. Caças? Eu disse caças, sim. Obstáculos. Temos que colocar todos os obstáculos possíveis. Madeira, armação de cama, carros velhos, cercas, qualquer coisa em que der para por as mãos. Mas isso não inclui o campo de críquete, inclui? Nós não temos que colocar nada no campo de críquete. Sim, isso inclui o campo de críquete. Mas isso não é justo. Dane-se se não é justo, é o que tem que ser feito. Eu me levanto, vou até o bar e peço mais uma cerveja. Alguns deixam de dar atenção ao policial e ficam me olhando. O policial finge que não está acontecendo nada. Ele continua a falar. Não faz a menor diferença se agora os ianques estão aqui. Nós continuamos tendo de fazer nosso trabalho, entenderam? Todos fazem que sim. Cachorros. Ele tira um papel do bolso da camisa. Últimas instruções para essa ala dos Voluntários Municipais de Defesa. Chiadeira. Guarda do Interior. Já faz dois anos que nós integramos a Guarda do Interior. Obstáculos para tanques. Nós temos que erguer barricadas em todas as estradas que levam à aldeia. Carroças quebradas, pneus, todo tipo de ferro velho deve ficar na beira da estrada, pronto para ser deslocado para o lugar certo. Vamos cavar trincheiras e enchê-las de arame farpado. Eu vou carregar a arma, para o caso de descerem paraquedistas. Além disso, aqueles aqui que tiverem carro devem tratar de imobilizá-los quando eles estiverem estacionados. Tirem o distribuidor ou arranquem os fios da ignição. Não se pode dar nenhuma chance para o azar, está entendido? Ele faz uma breve pausa, depois coça a cabeça, como se estivesse confuso. Pago 11 pence ao barman. Para mim, não parece fazer muito sentido. Não é mais permitido andar de carro e ninguém está indo a parte alguma mesmo. Tudo isso são coisas que eles andaram fazendo no sul e em outras partes, até aqui. Mas parece que esqueceram de nós. Ele pisca os olhos, toma um gole da cerveja e então continua, numa voz mais formal. Mas agora que recebemos essas ordens, nós vamos tratar de segui-las. Alguma pergunta? Eu rio, enquanto volto para minha cadeira, mas ainda consigo tapar a boca. Eu me contenho. Alguma pergunta? Que alguém desse bando consiga fazer uma pergunta inteligente é algo que eu não consigo imaginar. Um por um, eles vão saindo do pub. Eu vejo o sol se pôr. E penso no Len. Sentado sozinho em sua cela. Eu me pergunto se ele está pensando em mim. Mas percebo que isso não me interessa. Pouco depois, só estamos eu, o barman e outros dois homens no pub. Fecho os olhos. Mais tarde, percebo que eu devo ter adormecido, mas que eles preferiram não me dar atenção. Ouço um deles sussurrar: ela não aguenta beber. Se eu tivesse 23 xelins, teria comprado uma garrafa de uísque só para dar uma lição a eles. Mas não tenho. E então ouço a piadinha. Sobre as novas bermudas folgadas. Um puxão* e elas caem. Tudo isso entra por um ouvido e sai por outro. Eu me levanto com dificuldade. Boa-noite. Boa-noite, respondo.

---

* Jogo de palavras entre "puxão" (*yank*, em inglês) e o homônimo "ianque". (*N. do T.*)

SETEMBRO DE 1939

Dia do nosso casamento. No cartório. Sou uma das noivas da guerra. É melhor se casar logo, porque ninguém sabe o dia de amanhã. Ninguém sabe mesmo. Ele conseguiu que ela dissesse sim. Agarra logo. Do meu lado, minha mãe. E só. Do lado dele, Stan. Mais alguns amigos da cidadezinha vieram até a cidade grande, mas eu nem cheguei a ser apresentada e eles também não ficaram por muito tempo. Ridículo, pensei. Mas ele também não tem pai nem mãe, por isso não posso dar uma de esnobe. Já morreram há muito tempo. Ele só tem mesmo os amigos. Eu devia ter a mesma sorte, mas não tenho nem amigas. Um casamento. Meu casamento. Era o único casamento que eu poderia arranjar, então era melhor que corresse tudo bem. Len ficou surpreso de eu não ter nada na gaveta de baixo. Nem uma lata de abacaxi em calda, ou um vidro de geleia. Eu disse que ele é que era o dono da loja. Já a minha mãe... bem, ela arranjou um jeito de não chorar. Colocou uma máscara no rosto e ficou olhando séria para a frente, como se não estivesse entendendo para quê tanta confusão. Talvez isso lhe lembrasse seu próprio casamento. Talvez ela não quisesse que eu percebesse que ela se importava comigo. Talvez. Mais cedo naquele mês, eu estava com ela, quando a guerra começou. Às 11 da manhã de um domingo. Quando o hino nacional tocou no rádio, ela se levantou. Quando terminou, ela se sentou e ficou calada por alguns minutos. Então ela disse que já havia começado o recrutamento para os Supervisores dos Bombardeios Aéreos. Falou que essa ia ser uma guerra lutada pelos civis. Eu não disse nada. Ela suspirou e informou que ia começar a estocar comida e outros bens. Calculou que vinte cigarros custariam 2 xelins, chá custaria 2 xelins e 6 pence, fósforos, 1 penny e meio. Verificou o quanto ela podia comprar com sua poupança e fiquei ali escutando. Então eu disse que a data já havia sido marcada. Dali a 15 dias eu iria me casar. Ela simplesmente não falou nada. Continuou fazendo as contas na margem do jornal de ontem, utilizando um pequeno cotoco de lápis que estava todo usado de um lado e mastigado do outro.

SETEMBRO DE 1939

Então a cerimônia terminou e nós fomos passar uma semana no País de Gales, em um pequeno hotel em Anglesey que parecia estar cheio de velhas senhoras já se escondendo da guerra. Elas sempre se vestiam adequadamente, com brincos e saias passadas. Vestiam-se bem até para tomar café da manhã. Depois vinha o passeio matinal, o almoço, gim-tônica e um cochilo à tarde. E então um joguinho de cartas. Jantar. Xerez. Bridge. Elas sempre se levantavam quando o hino nacional tocava à noite, no rádio. Com certeza todas tinham um desejo secreto de bater continência. A âncora da vida delas tinha sido lançada cedo demais. Eu as vi olhando para mim e para o Len. Tudo bem, ele pode até não parecer grande coisa para elas, mas pelo menos é um homem decente e honesto. Ou pelo menos, era o que eu pensava. Elas não falavam comigo. Às vezes, elas se esqueciam quem eram e me cumprimentavam com a cabeça, enquanto passavam geleia na torrada sem casca. Eu observava de perto. As costas das mãos eram todas marcadas com veias roxas.

Acho que elas sabiam que eu tinha ciúme delas. Como é que elas não poderiam perceber? Como é que eu não poderia sentir ciúme delas? Elas tinham dinheiro. Tinham um lugar para se esconder do mundo. Tinham a turma delas. E lá estava eu. Eu tinha o Len. Tinha de ensiná-lo a não dormir de meias. A desamarrar o sapato, antes de tirá-los. Tirar as abotoaduras antes de arregaçar as mangas. Ia fazer 30 anos no próximo dia 7. Eu gostava quando elas às vezes se esqueciam e me cumprimentavam. Mas, quando viam o Len, eu percebia que elas simplesmente viravam as costas. Eu me perguntava o que será que elas sabiam que não estavam me contando. Mas isso eu não podia perguntar. Len e eu deveríamos ficar juntos e unidos. Nós dois contra o resto do mundo. Marido e mulher. Ele e eu. Não havia como eu ficar do lado delas.

SETEMBRO DE 1939

Nós nos perdemos no caminho de volta. Len havia pego um carro emprestado com um de seus amigos fazendeiros, mas só tinha a conta certa de gasolina para ir ao País de Gales e voltar. Conseguir gasolina agora, só com cupons. Não podíamos nem dar uma voltinha por Anglesey. Por isso, estacionamos o carro no hotel e o abandonamos ali. Quer dizer, até a hora de voltar. Era como tirar a poeira de um velho amigo e se preparar para fugir. Saímos no início da tarde. Não vai dar tempo, Len. A gente não devia ter saído mais cedo? Ele olhou para mim com aquele olhar de "lá vem você com as suas asneiras de novo". Encantador, eu deveria dizer. O suficiente para fazer você sentir que não tinha o menor direito de estar nesta terra. Duas horas depois, ele se perdeu. Eu sabia que isso ia acontecer. Tinha sido meio difícil chegar até o País de Gales, mas de algum jeito nós demos sorte e chegamos. Len havia mostrado (para se defender) que todas as placas de rua e da estrada haviam sido retiradas, para o caso de uma invasão. Poderia ajudar os hunos. Mas, na volta, nós simplesmente não tivemos a mesma sorte. Pensei que você tivesse dito que conhecia o caminho. Mas eu conheço, só estou meio perdido. Meio perdido era uma maneira muito branda de se dizer. Mas não havia razão para discutir. Nenhuma razão. À medida que o sol ia se pondo, ele não tinha mais a menor ideia de onde estávamos. Havia propaganda em todos os jornais, pedindo para economizarmos combustível. Diziam: Sua viagem é realmente necessária? Eu mesma já estava começando a me fazer essa pergunta, com ou sem lua de mel. Na próxima cidadezinha eu vou parar e perguntar a alguém, ele disse. Então eu vi uma luz acesa numa casinha, e Len encostou o carro. Ele saiu e me deixou sozinha. Vi uma mulher abrir a porta. Eles conversaram, Len apontou para mim, ela olhou e eu sorri, com educação. Detestei ele ter feito isso. Como se eu fosse uma pessoa indefesa, dependendo da caridade de alguém. Por mim, eu não queria a caridade de ninguém. Muito menos na hora em que eu deveria estar com meu marido. O homem que havia prometido me honrar e me proteger. Que piada. Bem, mas então Len voltou e disse que não estávamos muito longe mas que não podíamos ir a parte alguma por causa do blecaute. Eu não respondi. Só fiquei olhando para ele. Deixei que ele soubesse o que eu pensava daquilo. E devo dizer que ele entendeu. Mas ele não disse nada além de Vamos lá, vamos pegar nossas coisas. Ela tem um quarto de hóspedes e diz que a gente pode passar a noite nele. Len riu. E continuou: Acho que ela ficou aliviada por eu não ser fiscal. Fiquei olhando para Len, mas continuei sem falar nada. Reduzido a um pobre pedinte. O marido dela já tinha sido convocado. Deixou-a com a filhinha de 3 anos. A garota está dormindo, disse ela, enquanto passava um pouco de manteiga num pão e perguntou se queríamos nossos ovos com a gema estourada. Não, o meu está bom assim, disse Len, com os pés sob a mesa. É muito fácil se perder por aqui, ela garantiu. Não se preocupe com a gente, respondi. Eu já sei que ele é um idiota completo. E foi então que Len aprontou. Pôs a mão no bolso como se fosse um retardado. Aqui, disse. Eu gostaria que você ficasse com isso. Não, pode ficar, falou. E deu os cupons a ela, como se ela fosse uma pobre coitada. A cara da mulher... Eu quase morri de vergonha, mas eu estava aprendendo. Esse era o Len. Esse era o jeito que ele tinha de lidar com as pessoas. Naquela noite, eu não pude nem olhar para ele, muito menos deixar ele me tocar. Não, Len. Qual é o problema? Nada. É por que a gente está na casa de gente estranha? Boa-noite, Len. Espero que isso não vire um hábito. Boa-noite, Len. Boa-noite, mas eu não gostei nem um pouco. Boa-noite, Len.

SETEMBRO DE 1939

Quando voltamos, os evacuados já tinham chegado. Uma dúzia de garotos e garotas de idade razoável, de pé na frente da igreja. Máscaras de gás numa caixa de papelão, uma plaquinha de identificação no pescoço e nas mãos uma trouxa com pertences pessoais. Estavam ali, encolhidos juntos, os pés boiando em sapatos que muito claramente eram donativos bem ruinzinhos. Alguns pareciam nunca ter feito uma única refeição de verdade na vida. A maioria já tinha engolido suas rações de emergência. Uma barra de chocolate, uma latinha de carne e uma latinha de leite condensado. Entre os adultos, confusão e ressentimento reinavam em doses iguais. Por que logo nós? Nenhuma das outras aldeias havia sido designada para ser área de recepção. À nossa frente estava uma dúzia de crianças amedrontadas, os fazendeiros encarando os rapazes esquálidos, as meninas e os meninos raquíticos, à beira das lágrimas. E então tomou-se a decisão de mandá-los de volta, enquanto ainda estava claro. Alguém soprou que todas essas crianças faziam xixi na cama. Que metade dos colchões da Inglaterra estavam molhados e que, a 6 xelins e 8 pence por criança, simplesmente não valia a pena. Olhei para Len, do outro lado, que balançou firmemente a cabeça. Nem mesmo um, sentenciou. Eles podem muito bem voltar para a merda do lugar de onde vieram. Nós não estamos aqui para fazer caridade. Às quatro horas, percebi que o sino da igreja não tocou. Era um decreto. Os sinos estavam proibidos, por causa da guerra. As crianças ficaram ali, em silêncio.

SETEMBRO DE 1942

Hoje um militar entrou na loja de óculos escuros. Pareceu um pouco surpreso com o fato de a campainha da porta ter tocado ao entrar. Com licença, madame. Tirou o chapéu. Deveria ter tirado os óculos também. Eu queria dizer a ele: não está sol lá fora; pode tirar esses óculos. Isto é, a não ser que você esteja querendo esconder alguma coisa. Vim conversar com a senhora sobre os homens que temos lotados nesta cidade. Ah, sim, pensei. Demorou quase três meses para você vir até aqui. Pois não, pode falar. Estou escutando. Muitos desses garotos não estão acostumados a serem tratados de igual para igual, por isso não fique assustada com a reação deles. E o que é que eles vão fazer? Se jogar no chão, diante de nós, se nós sorrirmos para eles? Não são rapazes muito educados, e vão precisar de algum tempo para se acostumar aos seus costumes e às suas maneiras, por isso o que eu vou pedir é um pouco de paciência. Ah, sim. Entendi. Ele relaxou. Quer um cigarro? Não, não quero. Importa se eu fumar? Não, fique à vontade. E ele ficou. Seu marido saiu? É, saiu, respondi.

E o que é que você tem a ver com isso, seu enxerido? Era o que eu pensava dele, ali de uniforme, falando mal de seus soldados pelas costas. Atrás daqueles óculos escuros. Então por que é que você os mandou para cá?, perguntei. Por que não mandaram para outro lugar? Não, não, ele respondeu. Não é problema algum. Nós não estamos mandando nenhuma encrenca para cá ou coisa parecida. É só que eles são diferentes. Só estamos avisando vocês para que tenham um pouquinho de paciência, só isso. Eu sorri para ele e ele sorriu de volta. Dentes brancos, pose confiante, fumando o cigarro, exalando a fumaça displicentemente. Ele realmente se achava o tal.

NOVEMBRO DE 1942

Hoje fiquei do lado de fora da igreja e olhei para as árvores. As folhas já estão bem ressecadas. Um ventinho qualquer que bata e elas já começam a cair. À nossa frente desponta o inverno. E não é exatamente quente aqui nesta ponta do país. O vento bate forte em cima da gente, nos dá uma verdadeira surra. Só de pensar, fico toda trêmula. Levantei a gola do casaco e me preparei para seguir meu caminho. Foi então que ouvi as vozes surgindo. Sabia que eram eles porque ninguém da aldeia canta igual a eles. Como se cantassem querendo realmente dizer aqui. Esqueci as árvores e o inverno. Simplesmente me vi olhando para a igreja, ouvindo o som das vozes deles e das mãos batendo palmas. Do outro lado da rua, vi o velho Williams. Estava passeando com o cachorro. Ele se empertigou e ficou ouvindo, como se, como eu, nunca tivesse ouvido nada parecido na vida. Só nós dois ali escutando.

DEZEMBRO DE 1942

Segundo a edição do *Star* de hoje, em toda a Inglaterra estão caindo os padrões de comportamento. Uma jovem supervisora de bombardeios aéreos declarou recentemente que, se caísse gás mostarda em suas roupas, ela não teria a menor hesitação em tirá-las e sair correndo nua. Segundo esta mulher, todos os ingleses que tivessem a cabeça no lugar deveriam estar prontos para fazer a mesma coisa. O *Star* acha que ela é maluca. Mas não para por aí. É de se lamentar, escreve o *Star*, que uma das piadas mais comuns nos chãos de fábrica seja feita à custa de nossos rapazes da Aeronáutica. O que é que um piloto da RAF faz quando o paraquedas dele não abre? Ele devolve e pega outro. O *Star* se pergunta se nós não estamos sendo vítimas da propaganda alemã, que é feita para minar nossa confiança. Aparentemente, um jornalista do *Star* ficou uma fera porque, quando estava em Londres, lhe cobraram 6 pence por uma maçã e 1 guinéu por meio quilo de uvas. E o vendedor ainda cutucou a ferida perguntando se ele não tinha ouvido falar de uma guerra. Eu também tenho ouvido alguns comentários de fregueses, sobre sardinhas enlatadas e feijões cozidos, por exemplo. Recebemos a instrução de atribuir mais pontos a eles, porque estão populares demais. Mas isso não é culpa minha, é? Quanto ao pãozinho nacional... Bem, está cada vez mais cáqui e para mim tem gosto de papel já reciclado muitas vezes. Cheio de farelinhos que parecem palha. Mas, se você não gosta, não tem ninguém te obrigando a comer. Não sei por que estão sempre reclamando comigo.

JANEIRO DE 1943

Recebi uma carta de Len. Já sabia que era dele antes mesmo de abrir. Uma letrinha muito ruim. E endereçada a uma tal de Sra. Len Qualquer Coisa. Meu nome está muito longe de ser Len Qualquer Coisa. Feliz 1943!, diz no início — e algumas partes foram censuradas. Ele diz que, quando for solto, vai querer mudar de cidade. Para o norte. Para qualquer lugar. Mas diz que a gente tem de ir para longe daqui e recomeçar do zero. Ah, sim. Diz que não vai conseguir aguentar a vergonha e que não entende por que eu deveria aguentar também. Eu, de minha parte, vou levando bem a situação. Os outros continuam falando de mim, quando pensam que eu não estou ouvindo, mas eu vou indo bem. Não vejo por que eu deveria sair daqui. Sei que tenho de cuidar de mim mesma, sozinha. Ele não pode esperar que eu fique andando atrás dele, como uma cadelinha idiota. Nada disso. Se ele quiser ir, então que vá. Vá com Deus, eu digo. É claro que eu vou ter de escrever para ele falando isso, com educação. Não tem motivo para ele sofrer mais do que o necessário. Não tenho nada de pessoal contra Len. Ele só precisa crescer um pouquinho. Ou muito. E é melhor que ele cresça ao lado de outra pessoa. Assim que eu tiver uma folga, vou dizer isso a ele. É melhor falar com franqueza. Não ganhamos nada enganando um ao outro. Não a essa altura. Os melhores anos de nossas vidas e coisa parecida. Se ele quiser fazer as malas e se mudar para outra parte, boa sorte para ele. Boa sorte para você, Len.

FEVEREIRO DE 1943

Dois deles passaram lá na loja hoje de manhã. Um bem alto. O outro, não tão alto — mas também não era pequeno. Longe disso. Ambos meio atarracados e ambos educados. Mesmo depois de tanto tempo, eles continuam surpresos com o preço das coisas, tão baratas. Uma mulher me aconselhou a cobrar mais caro deles. Exatamente o que Len faria, ela disse. Eu disse que sabia disso. Mas olhe só onde Len está a esta hora. Isso eu não cheguei a falar. Os dois tiraram os quepes. E me convidaram para um baile que vão dar no sábado. Convidaram educadamente. Olha, eu não sei dançar, falei. Você aprende, disse o mais alto, sorrindo. Nós temos nossa própria banda, madame, disse o outro. Se ouvir a gente tocar, não tem como não dançar. Ele riu, e eu também. Logo todos estávamos rindo. Um baile, falei. No sábado, disse o mais alto.

OUTUBRO DE 1939

Ontem acordei no meio da noite e pensei comigo: mas que droga! O que foi que eu fiz? Voltei para esta aldeia com o Len, depois de me casar, depois do País de Gales, depois de me perder. E agora estou casada, há quase um mês. Uma mulher casada. Nesta cidade idiota e peçonhenta, que se acha grande coisa. A única coisa boa deste lugar é quando eu vou visitar minha mãe, cuja única ocupação na vida, parece, é fazer com que eu me sinta culpada. Uma culpa a que estou determinada a resistir. Olho para ela, enquanto ela está na cama. Ela agora vê essa cama como seu refúgio permanente. Olho para ela e vou ouvindo enquanto ela não para de falar sobre essa guerra de mentira. Você andou ouvindo rádio, não andou, mãe? Ela ignora a pergunta e continua sua arenga. De como ela não vai plantar uma horta para a vitória, semeando repolho e cebola. De como, apesar de nada disso ter acontecido, eles vão acabar voltando em caixas, como na última guerra. Ela vive dizendo: vai acontecer. Faz uma pausa e depois recomeça. Ela não está nem aí para a máscara contra gases. Ou toda aquela cusparada na janela de mica, só para impedi-la de embaçar. E o cheiro de borracha e desinfetante. Eu não digo que a maioria das pessoas já parou de andar com essas coisas. Que não é mais novidade. Se você tivesse ficado aqui, estaria na divisão de Precauções contra Ataques Aéreos, eu imagino. No seu caso, no Serviço Voluntário de Mulheres. Você está nessa divisão? Eu balanço a cabeça. Então deve ser por isso que você saiu daqui, não é? Não tem nada de muito interessante para se fazer aqui, a não ser costurar meias para os soldados. Eu não tento chegar ao mesmo nível dela. Sempre que tento, ela me manda não falar latim na sua frente. Por isso, eu nem ligo. Ela continua. Mas, enquanto isso, eles nos fizeram morar no escuro, como se não passássemos de um bando de morcegos. Ridículo. O abrigo de Anderson*? São só uns pedaços de aço dobrados na lama, nem mesmo um porco se dignaria a entrar ali. E ninguém vai colocar nenhuma roupa para secar na Linha Siegfried, pode anotar. Ela sabe que eu não estou escutando mesmo, mas não está nem aí. Ela só gosta de ter alguém com quem falar. Alguém de quem ela não veja o menor problema em encher o saco. E ela sente que tem o direito de me encher. Sou filha dela. E então ela acaba dormindo e eu tenho de subir o morro inteiro, numa viagem de ônibus longa e lenta até minha cidade. O trajeto é bem bonito, devo reconhecer. A vista

---

* Referência a uma série de abrigos antiaéreos construídos por iniciativa de Sir John Anderson, ministro do Interior no tempo da Segunda Guerra Mundial. (*N. do T.*)

da estrada, nos arredores da aldeia, pega toda a charneca. Você teria de ser cego ou muito burro para não perceber que ela é grandiosa, à sua maneira. Nada a não ser campos verdes e pequenas aldeias por quilômetros a fio. Mas depois, entrar na nossa aldeia é como entrar num túnel. Não dá para ver nada, a não ser casinhas que pontuam os dois lados da estrada. Uma igreja grande. Um pub pequeno. Um salão nobre. A nossa loja. Mais algumas casas. E é aqui que eu moro hoje. Deus me ajude. Talvez eu estivesse melhor no armazém. Se eu pensei nisso, é sinal que já pensei um milhão de vezes. Mas talvez, sempre digo a mim mesma, talvez seja só o efeito da guerra. Sejamos francos. A hora não é boa para ninguém. Dizem que com o tempo os racionamentos vão ser bem sérios. É o que veremos.

DEZEMBRO DE 1939

Fiz uma amiga. Sandra. Ela acabou de ter um filhinho. Um menino, Tommy. Não sei se ela achou que chamá-lo de Tommy seria engraçado, ou algo assim. Nunca perguntei. O marido dela foi convocado e partiu para a guerra. Ele agora habita um retrato em cima da lareira. O porta-retratos exibe dois pedaços de papel. No segundo, está escrito um poema:

A meu querido marido

Onde você estiver, meu verdadeiro marido,
Nesses dias dolorosos de guerra,
Para você vão meus pensamentos mais lindos
De muitas e inúmeras maneiras.
Deus o guarde, querido, por onde você andar.
E que, um dia, o traga em segurança ao nosso lar.

E isso é tudo o que existe dele atualmente. Essa foto e o que ela fala dele. Que, aliás, não é muito. Ela me convidou para tomar um chá. Percebo que você ainda está meio perdida por aqui. O Len também. Bem, ele não parece ser o tipo de pessoa que faz grandes esforços para apresentá-la aos outros, certo? Ela costumava trabalhar na loja do Len. Mas engravidou e se casou. Acho que nessa ordem. Ela me ofereceu um agrado especial. Dois biscoitos Rich Tea. Imagino que você tenha muitos na loja, na hora que quiser, mas para mim é um agrado. E dos grandes. Não tenho comido muito doce. Ela me fez sentar. Dizem que as pessoas estão fazendo fila na cidade, tentando driblar as cotas do governo. E que está cada vez mais difícil encontrar médicos e dentistas. Não só os públicos, mas os particulares também. E que tem gente que recebe cartas com uma semana de atraso. Eu olhei para ela e me perguntei se Len só veio atrás de mim porque precisava de alguém para substituí-la na loja. Talvez eu esteja sendo boba, pensei. Talvez eu esteja lendo coisas que não estão escritas. Não sei. Mas pelo menos fiz uma amiga. Dane-se o Len e aquele bigode fininho. Ele está feliz de ter uma idiota trabalhando para ele na loja. Está feliz porque agora pode me deixar tomando conta da loja e ir ao pub com os amigos. Está me ouvindo, querida? Sandra ficou me olhando. Você costuma viajar um pouco, né? Eu estava me perguntando se deveria deixar o cabelo crescer igual ao da Veronica Lake. Ou se deveria ficar só no xampu e condicionador normal de 2 xelins e 6 pence. Abri um sorriso para ela. Eles censuram as cartas do meu marido, dá para acreditar? O menino começa a chorar. Tommy. Tommy queria colo. Ela o pegou e o ninou nos braços. E começou a balançar, até ele passar a gorgolejar, como se estivesse engasgando. Tommy está rindo, ela diz. Quer segurá-lo um pouquinho? Eu estava com um biscoito Rich Tea na mão. Adoraria, mas minhas mãos estão ocupadas. Você também tem filhos? Sandra não passava muito dos 20 anos. Mais ou menos a minha idade. Dá para ver agora. Não me olhe assim, disse. Eu tive de me casar para começar. As mulheres da minha família se casam cedo. Mas você ainda tem muito tempo. Foi gentil da parte dela ter dito isso. Muito gentil. Agora ela parecia triste. Você não tem ideia da sensação que eu tenho quando o carteiro passa direto pela minha porta. É como se o dia inteiro estivesse perdido. Totalmente perdido. Ela é a única pessoa que eu conheço na aldeia, fora o Len. Cabelos longos e finos. No começo, pensei ter visto raízes escuras, mas então percebi que ela só estava na sombra. Por que é que eu tenho que ser sempre tão crítica? E daí se ela clarear o cabelo? O que eu tenho a ver com isso? Acho que tenho inveja do rosto dela. Mas quero ser generosa com ela. Len é uma figura, afirmou. Ele até que é gentil, do jeito dele, mas vai demorar um pouco até você conhecê-lo de verdade. Agora, isso me deixa ressentida. Eu não gosto que me falem coisas sobre meu marido. Mas ela fala como se estivesse me ajudando. Len não se deu ao trabalho de me apresentar a ninguém. No final das contas, foi Sandra quem tomou a iniciativa de vir até a loja e me conhecer. Muitas garotas foram embora. Não sobraram muitas por aqui. Serviço Auxiliar do Território, fábrica de munição, foi quase todo mundo embora. Mas algumas Moças do Exército do Interior estão para chegar. E ainda temos nós, as mães. Eu não sou mãe, digo. Sandra sorri. Mas imagino que trabalhar na loja seja considerado uma função vital, não é? Eles não vão colocá-la numa fábrica. Não. Já fui registrada. Len é inválido. Ele não consegue cuidar de si mesmo, por isso não vou trabalhar nas fábricas. Bem, nesse caso, a gente vai ter muito tempo para se conhecer. É bom ter alguém como você por perto. Pensei que fôssemos ficar só eu e mais algumas mulheres. E, para ser sincera, a maioria só está interessada na sua vida. Não se interessam por você, só naquilo que você está aprontando. E não tenho muito tempo para esse tipo de coisa. Nem eu, respondi. Nem eu. Ela olhou para mim com uma expressão engraçada. Minha mente começou a correr. Eu estava olhando direto para ela. Talvez ela tenha pensado que eu estivesse falando dela. Por isso, apenas sorri de volta. Olhei para ela com aquele sorriso bobo estampado no rosto. Lamento, disse para mim mesma. Não sei como me comportar. Gosto de você, mas nunca fui muita boa no trato com as pessoas. Ela me passou o Tommy. E foi encher a chaleira de novo. Eu sabia que estava me vigiando da cozinha, vendo como eu segurava o filho dela, com medo que eu pudesse fazer alguma coisa errada com ele. Eu o segurei, meio sem saber como. E eu ouvi a água bater na pia, ela enchendo a chaleira. Mas eu sabia que ela estava me vigiando. Virei-me para olhar e ela abriu um sorriso. Já se cansou do Tommy?, perguntou. Não. Cheguei o menino mais para perto de mim. Está tudo bem.

1º DE JANEIRO DE 1940

Len e seu amigo Stan pegaram um carro emprestado, para irem até a cidade. A negócios, disseram. Negócio de beber, provavelmente, mas fui com eles, para visitar minha mãe. Disse que os encontraria às 6, em frente ao banco. Len não quis vê-la, mas isso não vinha ao caso. Nenhum dos dois precisava mesmo fingir. Já tinham passado dessa fase. Às 5h30, comecei a voltar para a cidade e percebi que as proteções de ferro tinham sido arrancadas. No parque. Nas cercas dos jardins. Por toda parte. Junto com as panelas, que eles furavam assim que as entregávamos, as grades virariam Spitfires.* As coisas estavam mudando. Haviam me dito que, dentro de mais ou menos uma semana, nós teríamos de começar a racionar bacon, presunto, açúcar e manteiga. Os clientes só poderiam conseguir esses itens com cupons. Fiquei sozinha no frio e tremi. A lua estava cheia e o céu, repleto

---

* Avião de guerra inglês, o modelo mais comum usado na Segunda Guerra Mundial. (*N. do T.*)

de estrelas. Aparentemente, o blecaute não fazia muito sentido. Olhei para cima e me perguntei se Hitler teria descoberto uma maneira de desligar a luz das estrelas sobre a Alemanha. Passava das sete. Len estava atrasado. Bêbado, imaginei. E, não pela primeira vez na vida, senti a humilhação de estar abandonada.

MARÇO DE 1940

O inverno frio insiste em se estender por mais algumas semanas além do previsto. Sandra tem ficado cada vez mais perdida e infeliz. Atualmente, eu costumo visitá-la umas duas ou três vezes por semana. Ela não consegue mais amamentar Tommy e diz que o leite secou de tanta preocupação. Ele não aceita a mamadeira, por isso ela tem de lhe dar o leite com a colher, o que pode levar horas. Tommy está ficando cada vez mais barulhento, mas acabei gostando dele e até de segurá-lo no colo. Nunca pensei que fosse gostar de segurar um bebê. Sandra parece apreciar isso. O fato de eu literalmente tirá-lo das mãos dela. Hoje ela se sentou comigo e me deu uma xícara de chá. E me contou que estava grávida. Olhei para ela, mas não disse nada. Ela esperava que eu dissesse alguma coisa, isso estava claro. Esperava algum tipo de reação. De horror. Uma gargalhada. Qualquer coisa. Mas eu não disse nada. Você me ouviu? Eu disse que acho que estou grávida. Não, na verdade sei que estou grávida. Já tem quase três meses. Ela não precisava me dizer há quanto tempo estava grávida, porque eu sabia que não era dele. Não tinha ideia de quem fosse o pai, mas estava claro que ela esperava que eu perguntasse. Mas eu não disse nada. Só fiquei ali, tomando meu chá. Um pouquinho de cada vez. Você não quer saber quem é o pai? A essa altura, eu estava olhando pela janela. Como sempre, ninguém à vista e nada acontecendo nas ruas. Uma parte cruel de mim queria que ela dissesse que era Len. Mas não era. É aquele amigo de Len, Joyce. Terry. O fazendeiro. Ela não precisava me dizer quem era Terry. Eu não era tão burra que não conseguisse raciocinar sozinha. A voz de Sandra começou a falhar.

Ele dá alguns presentes para Tommy. Tipo uma irmãzinha ou irmãozinho?, falei. Não consegui me conter. Você acha isso engraçado?, sussurrou Sandra, incrédula. Ela pareceu magoada. Lamentei ter dito isso. Pedi desculpas. Sandra fez uma pausa. Não sei o que vou fazer, disse. Não vou voltar atrás. Não quero abortar. Tenho muito medo. E não quero me casar com ele. E ele quer se casar com você? Não sei. Acho que não. Espero que não, falei. Não me parece que seja uma razão boa o suficiente para alguém se casar. Um brioche no forno. Meu Deus, ela parecia ridícula. Indefesa. Com um filho na barriga e Tommy no colo. E uma xícara de chá nas mãos. Por que é que ela teve de abrir as pernas? É tão fácil. Nada muito difícil, não é? Acho que eu estava me sentindo sozinha. Ela respondeu à pergunta que não cheguei a fazer. Acho que estava me sentindo sozinha e fui burra. Eu deveria ter usado alguma coisa. É, falei. Autocontrole. Dessa vez ela ficou realmente magoada. Dava para ver no rosto dela, e eu lamentei ter dito isso. Seguiu-se uma pausa, e depois eu continuei: acho melhor você escrever para ele. É melhor ele saber antes de voltar. O que você acha? Concordo, ela disse. Mas e se ele não quiser voltar? O que é que o Tommy vai fazer sem um pai? Eu só apontei para o óbvio. Que o mundo estava em guerra. E que, se Tommy acabasse ficando sem pai, ele não seria a primeira nem a última pessoa nessa situação. Essa é que é a verdade, Sandra. E ela desatou a chorar. Eu pesquisei um pouco, ela disse. A voz falhando. Mas não se pode dar a criança para adoção sem a permissão do pai. Para mim, já chega. Está anoitecendo. O céu está escurecendo. Dava para sentir o tempo cada vez mais gelado. Já, já eu teria de ir embora para ajudar Len a fechar a loja. Tem sempre uns apressadinhos que chegam da cidade bem na hora de fechar. E nós já começamos a racionar carne. Eu não queria deixá-la sozinha naquele estado, mas o que é que eu poderia fazer? Toquei no braço dela. Sandra, falei, escreva para ele. Conte a ele. Você vai se sentir muito melhor sabendo que ele sabe. E ele pode conseguir uma licença. Uma licença por motivos de foro íntimo. Aí ele vai poder voltar e vocês dois vão poder decidir o que tiver de ser decidido. Vai ser melhor assim. Não contei a mais ninguém, ela disse. Quer dizer que eu sou a única que sabe de tudo isso? Você e o médico. E a clínica na cidade. Estava escurecendo cada vez mais, as sombras se alongando. Acho que você deve contar a ele.

MARÇO DE 1940

Ontem à noite, Len bateu em mim. Na volta do pub. Bêbado. Quando ele está a fim, ninguém segura. Ele encontra logo um motivo. Até que não doeu muito. Foi tudo muito rápido. E eu entendi por que ele estava me batendo. Talvez tenha sido por isso que não doeu tanto. Ele só estava descarregando seu mal-estar por não poder usar um uniforme. Nem mesmo um daqueles menos importantes, como os da Guarda do Interior. A liga de defesa dos civis. Estava dando uma de homem. Batendo em mim a portas fechadas. Mas eu avisei. A próxima vez que ele erguer a mão para mim vai ser a última. Bêbado ou sóbrio. Vai ser a última.

MAIO DE 1940

A França se rendeu. Tudo indica que vamos ter de seguir na luta sozinhos. Todo mundo está falando de uma invasão. E do que fazer. Dizem que a gente precisa ficar em casa. Se você estiver na rua quando eles chegarem, você não pode correr, senão vai ser metralhado do ar, igual ao que fizeram na Holanda e na Bélgica. No *Star* está escrito que não se deve dar comida, gasolina ou mapas aos alemães. E, se você notar qualquer coisa suspeita, deve ir direto à polícia. Às vezes eles nos tratam como se fôssemos débeis mentais.

FEVEREIRO DE 1943

Tenho pensado nisso há uma semana, mas finjo que não é nada de mais. No entanto, hoje de manhã tive de encarar a verdade. Não tinha roupa para ir ao baile. E simplesmente não tinha dinheiro para comprar alguma coisa nova. Um vestido simples, sapatos sem salto e um casaquinho dariam conta do recado muito bem, obrigada. Esta noite me olhei no espelho. Quando eu sorria, demorava menos para as rugas aparecerem e um pouco mais para elas desaparecerem quando meu rosto voltava ao normal. Não era minha imaginação. Ninguém precisava me dizer. Peguei a bolsa e o casaco e atravessei a cidade até o salão. Quando me aproximei, vi um soldado ao lado do portão lascado. Veio para o baile, madame? Escondi a aliança. É, vim para o baile. Entrei em pânico. Será que eu era a única? Será que tinha errado o horário? Ele me ofereceu um chiclete. Não, obrigada, falei. Eu o reconheci. Reconhecia todos eles da minha loja. E todos me conheciam. Não imagino que soubessem meu nome, mas conheciam meu rosto. Entrei. Havia mais alguns soldados por ali. Andando em duplas. Rindo. Pareciam deslocados naquele lugar enorme. Mas percebi que eu provavelmente também parecia deslocada ali. Os almofadinhas tinham ido lutar na guerra. Muita gentileza da parte deles, pensei. Madame, a senhora está procurando o salão do baile? Fiz que sim. É por ali. Um policial militar. Apontou com o rifle dele. Hesitei. Ora, entre logo. E foi o que eu fiz. Atravessei o gramado — como se fosse uma madame de verdade —, e subi as escadas até um salão enorme. A primeira coisa que vi foi a comida. A mesa tinha coisas que eu não via fazia anos. Como lima e toranja. Latas de chocolate. Balas de hortelã. Carne bovina. Salame. Pêssegos em calda. Um deles tirou meu casaco. Me permite, senhora? Obrigada, respondi. Tão educado. Levantei os olhos e vi algumas garotas do Serviço Auxiliar do Território da cidade vizinha, algumas do Exército do Interior e algumas casadas, todas sentadas numa fileira e um pouco amedrontadas. Achei que era melhor me sentar com elas. E assim me sentei ao lado de uma garota do Exército do Interior, que estava de uniforme. Ela sorriu para mim, mas fez questão de não falar absolutamente nada. Então começaram a tocar discos de gramofone, o que para mim não fazia muito sentido, porque todos eles estavam de pé e todas nós, sentadas. O que é que deveríamos fazer? Num canto, vi o oficial que tinha ido até a minha loja e me falado sobre eles. Ele olhou para mim e acenou. Olá, duquesa. Também olhei para ele. Senti certo orgulho desse olhar. Pude ver que o deixou meio constrangido, que ele não sabia direito o que fazer. Continuei olhando fixo para ele. A garota do Exército do Interior ganhou vida a meu lado e perguntou se estava tudo bem comigo. Falei que sim, que estava tudo perfeitamente bem. Por que não deveria estar? Ah, sim, respondeu a moça. Só que ninguém estava dançando ao som daqueles discos. Percebi que a banda estava subindo no pequeno palco. Tinham colado algumas caixas e colocado um pano por cima, mas parecia um palco de verdade. Parecia um trabalho bem-feito, e não um arremedo qualquer. Então começaram a tocar. A música era boa, mas deixou todo mundo meio constrangido. Uma fila de mulheres sentadas encarando um monte de homens em pé. Assim, de repente me levantei e me dirigi até os dois que me convidaram para o baile, o grandão e o menor. Perguntei ao grandão se ele queria dançar. Ele sorriu nervoso para mim. Pude ver o buraco entre os dentes dele, na fileira de baixo. Geralmente é em cima, pensei. É na arcada de cima que as pessoas têm dente faltando. Não é muito comum ver alguém sem dentes na de baixo. Mas tudo bem. Aquilo era diferente, e eu gostei. Ele colocou uma das mãos em meu ombro e estendeu a outra para mim. Estiquei meu braço com o dele e ele me levou de costas até o espaço que era o salão de baile. Um foxtrote. Por cima do ombro dele, pude perceber que todo mundo estava olhando para nós. Dava para ver os rostos deles. E, um por um, os soldados foram encontrando coragem para ir até as moças, e logo todo mundo estava dançando. Meu parceiro se inclinou para a frente e murmurou alguma coisa em meu ouvido. Parece que você deu início ao baile. Deve estar muito orgulhosa. Eu não falei nada. Você não parece tímida e constrangida como as outras. Continuei sem falar nada. Só fiquei ouvindo. Ele e a música. Você é daqui? Por quê?, perguntei. Bem, foi só porque eu pensei. Sei lá. Acho que, de um certo modo, você não é igual às outras. Não sei como, exatamente, mas você é diferente. Por dentro, eu estava sorrindo. Ele falou exatamente o que eu queria ouvir.

JUNHO DE 1940

Seus rostos estavam contidos e derrotados. Parecia que tinham visto o inferno. Não dava para acreditar que eram nossos meninos, em mangas de camisa e sem uniforme. Exatamente isso: meninos. Era assim que eles pareciam nos jipes e na boleia dos caminhões. Estavam famintos. Len e eu oferecemos chá a alguns deles, mas eles fizeram um gesto com a mão e recusaram, polidamente. Pensei comigo: muito bem, agora só falta Hitler entrar marchando. É melhor a gente começar a aprender alemão. A maioria estava com vergonha até mesmo de nos olhar nos olhos. Nossos heróis, voltando de Dunquerque. E, no entanto, em todos os jornais ainda tentam nos dizer que um inglês vale por dois alemães, quatro franceses, vinte árabes, quarenta italianos e uma quantidade infinita de indianos. Pensei: aquele gordo maldito do Churchill ainda vai transformar isso numa vitória. Essa noite ele vai voltar ao rádio, todo empolado, e o Len vai ficar abanando o rabinho, como se fosse um cocker spaniel idiota. Se Churchill vier outra vez com aquele papo de que essa guerra está sendo travada em nome da liberdade e dos verdadeiros princípios da democracia, eu vou ter um troço. Mas, enquanto eu olhava para eles, pensei que a guerra não ia demorar muito, no estado em que nos encontramos. Isso estava claro, todo mundo podia ver. Podíamos muito bem agitar a bandeira branca. Vamos perder a Inglaterra. Já colocamos nossas propriedades e nossos serviços legalmente à disposição de Sua Majestade, e, no que me diz respeito, não espero receber nada de volta. E, como tinha de acontecer, naquela noite ele estava no rádio outra vez, o porco presunçoso. Eu queria desligar, mas Len gosta de ouvir. Então fui dar um passeio. Uma das Voluntárias de Defesa Municipais apontou uma lanterna para a minha cara e perguntou quem está aí. Tive vontade de dizer àquela imbecil: sou eu, Hitler. Eu esperava que você não me pegasse porque eu estava pensando em invadir esta noite, a começar exatamente por essa aldeia. Mas agora você estragou meus planos, seu demônio espertinho. Ah, é só você, Sra. Kitson. Voltei e me sentei com Len, que me disse que a gente sempre começa mal. Que nós, ingleses, sempre perdemos todas as batalhas, menos a última. Ele acreditava na história oficial por trás do rosto daqueles meninos. Mas eu estava ficando craque em perceber a diferença entre as histórias oficiais e todos os indícios diante de meus olhos. E, mesmo quando não havia indícios, eu estava começando a não acreditar mais em nada. E me sentei ao lado de Len e comecei a falar um monte de palavrões em voz alta. O que é que há com você? Nada, Len. Nada. Eu estou ótima.

MARÇO DE 1943

Venho pensando nele desde o baile. Não achei que ele tivesse me abandonado, por não ter mais aparecido na loja. Não tenho esse tipo de presunção. Afinal, nós só dançamos algumas vezes e depois fui passada para os outros. Tudo bem. Não éramos muitas mulheres e tínhamos de dançar com vários. Virou um baile do tipo "com licença, senhora", no qual qualquer um podia interromper a sua dança. No final, saiu todo mundo junto, portanto não havia nada daquele negócio de levar a moça em casa. Eles trouxeram nossos casacos e nos deram presentes. Uma laranja, um maço de cigarros e alguns doces, como eles chamam. Nós chamamos de chocolate e para a maioria de nós, era como se estivéssemos recebendo pepitas de ouro. Os ianques realmente não têm a menor ideia do que isso significa. Acho até que nós, mulheres, fomos meio mal-educadas, porque, assim que eles distribuíram os chocolates, todas nós gaguejamos um boa-noite e saímos. Todo mundo queria fugir com os chocolates, caso os ianques mudassem de ideia. No dia seguinte, acordei e pensei nele. Será que eles iam organizar mais um baile para nós ou achavam que só um já seria o bastante?, me perguntei. Achei que todos os bailes deveriam começar daquela maneira, comigo e com ele deslizando pelo salão para quebrar o gelo. Isso foi há três semanas. Tenho a impressão que eles me acharam meio atirada. Mesmo assim, guardo lembranças boas, ainda que um tanto confusas. Mas hoje tudo voltou a ficar bem, porque ele apareceu na loja com um amplo sorriso no rosto e um buquê de narcisos. Disse que não sabia como nós chamávamos aquelas flores, mas queria que eu ficasse com elas. Ele se veste tão bem e não masca chiclete quando fala. Não é um soldado igual aos outros. Não sei por que eles acham que é uma grande coisa mascar chicletes. Para mim, é vulgar. Qualquer pessoa podia dizer isso a eles. O cabelo dele é bem penteado e parece que foi repartido à navalha, no lado esquerdo. É curtinho, como se fosse de lã preta fininha, mas ele passa algum gel que faz brilhar na luz. Um brilho intenso. Aqui, pode pegar. Ele me passou as flores e eu agradeci. Procurei um vidro de geleia para colocá-las e ele acendeu um cigarro. Desculpe, você se incomoda? É claro que não. Eu não falei abertamente, mas espero que ele tenha entendido. Simplesmente balancei a cabeça algumas vezes. Volto num segundinho, eu disse. Você não se importa em tomar conta da loja por um momento, certo? Saí pelos fundos e encontrei um vaso. Me perguntei se deveria fazer um convite a ele. Não sei nem por que pensei nisso, pois para mim estava claro que, se eu não desse em cima dele, nada iria acontecer. Dei uma olhadinha na direção da loja e o vi ali, como se fosse uma peça sobressalente, sem saber o que fazer. Voltei exibindo meus narcisos orgulhosamente no vaso. E passei minha cantada. Gostaria de dar uma volta? Ele pareceu confuso. Como se eu estivesse tentando ludibriá-lo. Uma volta? Talvez você não tenha permissão para isso. Para sair dos seus limites, ou seja lá como isso se chame. É esse o problema? Porque, se for, eu peço desculpas, mas é que uma volta cairia bem. Mas não tem importância, se você não puder. Não, ele disse. Talvez no domingo. Acho que só vamos ter folga no domingo. Pode ser? Então teremos quase o dia inteiro livre. Olhei para ele e vi que teria de ser no domingo mesmo. Às vezes a gente vai até o seu pub. Parece um lugar legal. A maioria de nós curte um pub inglês, mesmo que a cerveja tenha um gosto meio esquisito para nós. Mas você gosta?, perguntei rapidamente. Claro. Gosto sim. A gente bebe. Não tem mais nada para beber mesmo. Ele riu quando disse isso. Eu não quero ofender, garantiu. Olha. Preciso voltar. Tenho trabalho a fazer. Domingo, eu disse. Domingo, ele confirmou. E lá se foi ele, me deixando com os narcisos.

JUNHO DE 1940

Não sei se Len está tentando me impressionar ao entrar para os Voluntários de Defesa Municipais (ou, como o pessoal daqui fala, Viu, Disfarçou, Morreu — até eles se chamam assim). Ou talvez Dunquerque tenha mexido com ele. Um instrutor do Exército veio a uma de nossas reuniões no pub. Ensinou como se fala "mãos ao alto" em alemão. Mostrou como distinguir os vários tipos de avião, como lidar com um rifle e uma baioneta. Domingo passado, ele os levou até o bosque e usou tufos de grama como se fossem granadas. Estão planejando campanhas. Tomando decisões. Devemos marchar para leste, para proteger a cervejaria de Sam Smith, ou para o norte, para proteger a cervejaria de Joshua Tetley? Mas Len está ficando entediado. Ele é mais novo que a maioria dos outros. Acho que está se sentindo culpado. Faz ele lembrar que deveria estar no Exército. Logo ele vai parar de frequentar o grupo. O serviço dos VDM é obrigatório, mas entre nós ninguém segue isso muito à risca. Não tem ninguém para fiscalizar a sério. Estamos em segundo plano. O que incomoda mesmo são aqueles que querem realmente fugir do serviço militar. O pulmão negro do Len pode ser constrangedor para ele, mas é um atestado de invalidez legítimo. Nisso ele é melhor do que alguns dos seus camaradas, que estão inventando todo tipo de doenças e moléstias graves. Eles é que têm que se sentir constrangidos pelo que fazem. O Len, não.

JUNHO DE 1940

Eu estava atendendo duas jovens do Exército do Interior. Todo mundo ouviu o tiro. Saí correndo da loja em direção à rua, com os cabelos voando para um lado e as pernas para o outro. Eu tinha certeza que ela não ia contar. Entrei direto na casa e lá estava ela, caída no chão, com sangue se espalhando para todo lado. E Tommy gritando. E aquele idiota prepotente sentado ali, duro como uma estátua, com o rifle na mão e as lágrimas descendo pelo rosto. Ele ficava repetindo a mesma frase. Chame a polícia, acabei de matar minha esposa, essa puta. Sandra estava de olhos abertos e olhava fixamente para o vazio, como se nada mais importasse. Acabei de matar minha esposa, essa puta. Como se ela não estivesse entendendo o motivo daquela lambança toda. No entanto, o que me chamou a atenção nele foi o uniforme. Parecia esquisito ele estar ali sentado, de uniforme. Chegou da guerra pronto para matar. A própria mulher. Eu falei para ela escrever a droga da carta, mas ela quis fazer do jeito dela, não quis? E veja só o que aconteceu. Alguém já devia ter chamado a polícia, porque não demorou muito e eles apareceram. Quando chegaram, ele simplesmente se levantou e os acompanhou. Um dos policiais ainda esticou um lençol sobre Sandra, como se ela estivesse dormindo. Depois ele me disse que não fazia sentido eu continuar ali. Eu podia ir embora. Ele se ofereceu para me escoltar (palavras dele) para fora da casa. Alguém já tinha levado o Tommy.

JUNHO DE 1940

Essa noite vi Len sentado no pub com o amigo dele, Terry, o Fazendeiro. Len sempre gostava de me passar sermão. Não se meta com ninguém. Por mim, tudo bem. Você pode até entrar no pub para tomar uma bebida com a gente. Nós não vamos machucá-la. Como é que você pode esperar conhecer alguém, se não sai de casa? E geralmente eu ficava só olhando para ele, sem dizer nada. E lá ia ele para o pub e me deixava sentada em casa sozinha, ouvindo o ITMA* no rádio. Mas essa noite, fui até o pub. Peguei meu casaco e subi pela rua. Ele estava sentado com o homem que devia ter sido morto pelo marido da Sandra. O Sr. Grande Fazendeiro estava lá todo empolado, como um plebeu se achando aristocrata — e todo mundo sabia que ele é que tinha feito aquilo com ela —, bebendo uma caneca de cerveja como se nada tivesse a

---

* *It's That Man Again*. Programa cômico da rádio BBC, considerado fundamental para melhorar o humor e a confiança dos ingleses durante a Segunda Guerra Mundial. (*N. do T.*)

menor importância. O que você vai beber?, perguntou Len. Eu não quero nada, respondi. Nada enquanto você estiver sentado com esse cínico filho da mãe. Pude ver nos olhos de Len que ele estava pronto para me descer o cinto ali mesmo, na frente de todo mundo. Se não fosse tão frouxo, teria mandado ver. Acho que é melhor você ir para casa, foi o máximo que ele conseguiu dizer. Por quê?, perguntei. Porque eu disse que é melhor você ir. E, com isso, eu me virei e fui embora. Não estava com a menor vontade de discutir com ele. E não queria ficar sentada no mesmo lugar que ele enquanto ele estivesse na companhia daquele filho da mãe. Então eu me virei e voltei para casa noite adentro. Estava tudo tão silencioso. Era como se o mundo inteiro tivesse parado por causa daquela maldita guerra. E Tommy? Imagino que fossem encontrar um bom lar para ele. Voltei para a loja, fui para o andar de cima, tirei a roupa e pulei na cama. Não queria Len perto de mim. Nem hoje, nem nunca mais. E não queria que ele me visse chorando.

JULHO DE 1940

Tudo o que eu pude pensar hoje de manhã é que um mês inteiro se passou desde que a Sandra morreu. E aí o inspetor apareceu. Eu estava na loja com Len, verificando a contabilidade da semana, quando de repente ouvimos uma van encostar. Len foi até a janela e abriu um pouco a cortina. Ele se virou para mim e gritou num sussurro que eu deveria sair pelos fundos e me livrar dos ovos. Não precisou nem falar duas vezes. Len não fala muito, mas eu também não nasci ontem. Trabalho na mesma loja que ele. Sou casada com ele. Conheço as tramoias dele. Corri para os fundos da loja e comecei a enfiar tudo num saco de farinha. Anda logo, sua idiota. Por que eu deveria correr, se isso é o melhor termo que ele consegue usar para se dirigir a mim? Ouvi a campainha soar e depois o barulho de vozes. Peguei o saco e saí pelos fundos. E logo eu estava correndo pelo bosque, ladeira abaixo, rindo como uma louca. Quando cheguei ao rio, abri bem o saco. Não tinha ninguém por perto. Eu estava sozinha. Len, seu filho da mãe. Eu sabia que era crime. Sabia que era uma loucura. Era o tipo de coisa que só um completo idiota faria. E eu sabia de tudo isso. Simplesmente joguei tudo no rio. Um ovo depois do outro. Que os peixes ou seja lá o que mora no rio fiquem com eles. Len disse para eu me livrar dos ovos, eu estava me livrando. Só ia fingir que não tinha entendido o que ele havia falado. É uma maneira muito cara de se mostrar desprezo a alguém, mas ele merece ser desprezado. Quando terminei, sentei num banco e comecei a rir. Não tinha a menor ideia do que eu estava fazendo naquele lugar. Com ele. Estar numa fábrica ou na Força Aérea Auxiliar Feminina não podia ser pior. Eu devia estar louca. Porque era uma loucura. Ter até mesmo vindo para este lugar. Peguei o saco de farinha vazio. Olhei para o rio. Joguei o saco, depois de ter jogado todos os ovos. Não queria nada daquilo. Para quê eu iria querer um saco de farinha vazio? Não queria nada daquilo. Quando voltei do rio, ele estava no pub. Já havia anoitecido. Eu estava dormindo quando ele chegou. Ou pelo menos fingi que dormia. Ele me perguntou o que eu tinha feito e eu falei que tinha seguido à risca as instruções dele. Tinha me livrado dos ovos. Ele riu. Depois me lembrou que para comprar chá e margarina agora também seriam necessários cupons. Foi até o banheiro. Quando descobriu que eu havia falado a verdade, eu sabia que ele ia me encher de pancada. Mas até aquele momento ele riu. Acho que gostou de mim por um minuto, ou coisa parecida. Achou que eu era engraçada.

SETEMBRO DE 1940

Pelo visto, Londres continua apanhando feio. São massacrados toda noite. Eu andei lendo. Está em todos os jornais. O pessoal do Serviço de Precaução Aérea não consegue nem dormir. Trabalham 24 horas por dia, em colaboração direta com a polícia. UXB significa *unexploded bomb* (bomba que não explodiu). Dizem que se uma bomba estiver endereçada a você, você ouve primeiro um silvo e depois um silêncio, antes da explosão. Isso é porque a bomba está viajando a uma velocidade maior que a do som. Aqueles que escavaram abrigos têm uma chance melhor. Tem aqueles que pegam seus trincos, suas ferramentas e seus lençóis e fazem um abrigo de Anderson no quintal. Mas isso custa alguns xelins. Sempre dá para se ganhar algum dinheiro numa tragédia. Lanternas, pilhas, machados de bombeiro, extintores de incêndio químicos, apitos — qualquer coisa. Você pode até comprar um removedor de bombas aprovado pelo Serviço de Precaução Aérea. O melhor de todos é "O Pegador" — "pega bombas em qualquer posição. Somente 10 xelins e 6 pence".

Se as coisas começassem a pegar fogo do lado de fora, eu não sei se eu me recolheria a um abrigo antiaéreo. Eles dizem que você tem de levar comida, roupas quentes e cobertores para ter o máximo de conforto possível, e cantar músicas como "Me and My Girl" e "Swanee River". Não faz muito o meu gênero. Hoje Len me pegou lendo os jornais. Perguntou por que estou sempre lendo, lendo e lendo. Não falei nada. Então ele disse que era capaz de perdermos a guerra. Reconheceu que, por estarmos no interior, não temos a verdadeira noção de como as coisas estão feias. O que chega até nós é mais um quadro cor-de-rosa. A guerra ainda é meio que uma piada para nós. Acho que ele mudou o disco. Mas não falo nada. O *Star* começou um concurso chamado Contra Hitler. Eles dão a primeira linha e quem completar da melhor forma ganha 10 libras.

Se você estiver ligado em Hamburgo, vai poder ouvir o lorde Hou-Hou dizer...

Nós matamos 10 mil ingleses — um a menos que ontem.

Eu gostaria de ter bolado essa. A primeira linha de hoje está difícil:

Em cada rua da Alemanha, é muito fácil perceber...

NOVEMBRO DE 1940

Aquele vermezinho idiota do Chamberlain morreu. Quase que exatamente seis meses depois de deixar o posto de primeiro-ministro. O que dizem por aí é que a tensão de ter o cargo mais importante da nação o acabou matando. Nossas cortinas de blecaute precisam ser costuradas. O policial disse a Len que viu uma luz na noite passada. Fui até minha caixa de costura para pegar agulha e linha. Acho que é um transtorno muito bem-vindo. A cortina, quero dizer. Aí vi a boneca de retalhos que estou costurando para Tommy, feita de meias velhas. Só faltava pregar os botõezinhos para fazer os olhos. Era só isso que restava para fazer.

DEZEMBRO DE 1940

Quinta-feira sempre foi um dia tradicional para se sair à noite na cidade. Será que Hitler sabia disso? Ou talvez fosse algo mais simples, talvez ele soubesse apenas que ia ser noite de lua cheia. Foi a noite mais clara que eu vi na minha vida. Dava para ouvir as sirenes da cidade a distância, soando o alarme, e então ouvi o ronco sinistro dos bombardeiros alemães, totalmente desafinados. Pareciam diferentes dos nossos, mais feios. E então, lá no horizonte, os nossos meninos; o som rascante das baterias antiaéreas. Todo mundo sabia que eles estavam mirando as siderúrgicas. Firth Brown & Co., J. Arthur Balfour & Co., Vickers. Todas elas. Mas os aviões alemães eram muitos e eu sabia que a gente ia levar uma surra. Era uma lua perfeita para os bombardeiros e, do alto do céu, as nossas ruas devem ter parecido verdadeiras fitas brancas e geladas, apontando bem para o alvo. Primeiro os morteiros, depois as bombas incendiárias e depois as mais pesadas. Ficamos todos tremendo ao lado do morro e olhando para baixo. A cidade logo ficou como se mil fogueiras tivessem sido acesas, lindos e encantadores fogaréus, queimando por toda a parte. Não dava para olhar para lugar nenhum sem ver fogo. Len colocou um cobertor em volta de meus ombros e o vigário começou a cantar "Nearer my God to Thee" [Estou Mais Perto do Senhor, Meu Deus]. Olhei feio para ele, mas ele não parou. Entre os versos, ouvi alguém cochichar: a cidade está pegando fogo. Havia um enorme clarão no céu, como se o sol estivesse nascendo do meio da cidade. E então o vigário parou. Tirou um pedaço de papel do bolso da casaca e anunciou:

— Repousem.

Éramos talvez uns 25. Todos tiramos os olhos da cidade e nos voltamos para ele.

Deus é o nosso Refúgio — não tenham medo,
Ele estará com vocês, por todo o bombardeio;
Quando as bombas são lançadas e o perigo está por perto,
Ele estará ao vosso lado até que tudo dê certo.
Quando o perigo passar e tudo se acalmar,
Agradeçam ao Redentor pela coragem de suportar.
Ele não vai lhes abandonar e banirá seus temores.
Basta confiar e aceitá-Lo, em todas as suas cores.

Quando ele terminou, fez-se um silêncio. Todos nós nos viramos e olhamos de novo para a cidade. As labaredas continuavam incendiando a cidade, mas não dava mais para ouvir os aviões. Será que estava tudo acabado? Len sussurrou em meu ouvido: Vou ao pub. Vejo você depois. Fiquei vendo ele e os amigos dele se afastarem. Estavam até rindo. Imaginei que tivesse escutado o som do "tudo limpo" a distância, mas é claro que não ouvi nada. E eu me virei e olhei para o vigário que estava rezando, sufocando o medo entre as mãos espalmadas.

DEZEMBRO DE 1940

Hoje peguei o ônibus e fui à cidade, para saber da minha mãe. Não dormi muito. Aliás, não dormi absolutamente nada, mas senti que estava muito acordada. Aparentemente, o campo tinha o mesmo aspecto de sempre, mas, quando vi a cidade, tive vontade de chorar. Os trilhos do bonde estavam torcidos como se fossem alcaçuzes. Vigas de ferro estavam descartadas pelas ruas, apontando para o ar e para o céu cinzento, agora vazio. Eu não podia acreditar que essa era a minha cidade. O ônibus não podia avançar mais, por isso todos nós tivemos de sair e começamos a caminhar. Vi edifícios inteiros que haviam sido reduzidos a uma ou no máximo duas paredes de pé. Buracos retangulares certinhos, onde antes costumavam ficar as janelas, agora eram espaços de ventilação completamente inúteis. Para onde quer que eu olhasse, via montanhas de escombros, carros destruídos e trilhos retorcidos. Por cima de mim, os braços soltos e frouxos dos guindastes começavam a recolher a carniça da cidade. E nas ruas, homens de boné e mulheres com lenços na cabeça vasculhavam os destroços do que eram suas casas, evitando os escombros que ainda estivessem quentes, tentando encontrar pedaços de móveis, fotos, qualquer coisa que os fizesse se lembrar de suas vidas. E enquanto faziam isso, os outros — talvez membros da família — ficavam só olhando, embasbacados. Fui pisando levemente em torno de um mar de cacos de vidro e então vi uma fila inteira de pais esperando a vez para colocar os filhos no cockpit de um avião alemão abatido. Fiquei pensando no que teria acontecido com o piloto, quando então percebi que devia mesmo estar pensando no que teria acontecido à minha mãe. Acelerei o passo. Passando por uma rua transversal, vi corpos destroçados cobertos de mato e fuligem. E percebi que eram só os bonecos do Burton. Notei que estava perdida. Que todas as referências normais que eu tinha não existiam mais e que eu não estava em situação melhor do que a mulher infeliz que ia perambulando com uma gaiola vazia numa das mãos e algumas fotos na outra, cantando "It's a Long Way to Tipperary". A pancada realmente havia a deixado com um parafuso a menos. Pedi informações a um oficial do Serviço de Precaução Aérea que parecia meio sonolento debaixo do capacete. Ele não disse nada, mas apontou para um cruzamento que reconheci. Quis perguntar sobre a matraca que ele levava na mão, mas ele parecia cansado demais para responder, por isso eu só falei obrigada. Ele me cumprimentou de leve com a cabeça. Fui em frente sabendo que não havia mais nada parecido com um caminho conhecido. Mangueiras de incêndio que pareciam longas serpentes se espalhavam pelas ruas. Alguns focos continuavam pegando fogo, mas aqui embaixo os escombros eram tudo o que havia restado da maioria dos prédios. Vi grupos de empregados pacientes do lado de fora de lojas e escritórios sem a menor ideia do que fazer, já que seu local de trabalho havia sido reduzido a pó. A cidade inteira estava em estado de choque. Todo mundo parecia estar passando por uma tragédia particular nesta guerra. Um carro ou outro passava num ritmo de marcha fúnebre, mas as cabeças não se moviam. As pessoas simplesmente olhavam embasbacadas para toda aquela destruição. Saí da rua principal e continuei a andar pelas ruas de trás. Olhei para as garotas do Serviço Auxiliar do Território, que pareciam estar trabalhando sem parar, ajudando a polícia, dirigindo, lado a lado do pessoal do Serviço de Precaução Aérea. Eles faziam eu me sentir uma inútil.

DEZEMBRO DE 1940

Acho que eu já sabia que ela estava morta, antes mesmo de chegar lá. Não parecia possível que os outros tivessem morrido e ela não. Vi a casa, ou o que sobrou dela. Um buraco no meio da rua, igual a um dente quebrado. Não havia mais janelas, a porta da frente estava pendurada pelas dobradiças e eu pude ver que o teto de gesso tinha desabado e que havia fuligem e sujeira por todo o lado. Nada parecia queimado, por isso percebi que não fora uma bomba incendiária. Elas tinham que ser apagadas com água e terra. Isso eu podia entender dos jornais — não que ela fosse se dar a esse trabalho. Parece que a explosão partiu de uma bomba que caiu ali perto. E então eu vi que as casas do outro lado da rua haviam sido atingidas. O pessoal do Serviço de Precaução Aérea continuava a isolar a área. Vi o velho Sr. Miles. Trazia nas costas um casaco de couro tão estraçalhado que parecia que alguém tinha jogado uma vaca morta em cima dele. Quando me viu, passou o rolo de barbante para outro funcionário. Passei por baixo da barreira. Ele pôs a mão em meu ombro. Sinto muito, filha. Tirou o capacete de aço. Você sabe como ela era. Não quis ir para o abrigo. Mas ela fez a gente rir. Disse que nunca tinha estado na linha de frente de uma guerra e que não ia perder essa oportunidade. Onde é que ela está?, perguntei. Foi levada em um ônibus do Exército, junto com os outros. As coisas estavam feias por aqui, porque muita gente se arriscou. Eles não contavam com um ataque direto. Se você não estiver se sentindo bem, não precisa ficar aqui. Nós ainda não terminamos e ainda tem gente soterrada aí embaixo. Olhei por trás dele, enquanto seus companheiros, com cigarros pendurados no lábio inferior e batendo com os pés no chão para mantê-los aquecidos, estavam de pá na mão, prontos para continuar escavando os escombros. Mais tarde você vai poder vê-la, filha. Ninguém vai ser enterrado por um bom tempo. Não se pode fazer mais nada por eles. Imagino que a polícia vá querer que você faça uma identificação oficial. E não se preocupe de saquearem sua casa. Ninguém vai passar a mão em nada enquanto estivermos aqui. Por isso, não se preocupe. Você pode voltar hoje, mais tarde, ou amanhã. Para procurar suas coisas. Olhei para o rosto cansado e vincado do Sr. Miles e soube que aquele velho gentil estava no limite de suas forças. Imagino com quantas outras pessoas ele teve de falar dessa maneira.

DEZEMBRO DE 1940

No meio da tarde, começou a nevar. Eu estava sentada no parque, olhando para o fluxo infinito de pessoas enchendo bacias de aço no lago. Não havia água. Depois que o Sr. Miles me mandou embora, passei umas duas horas perambulando meio zonza pela cidade. Vi filas imensas nos hidrantes. Em algumas ruas mais sortudas, o caminhão de água chegava com seus grandes cilindros redondos. Pessoas com baldes, jarros e panelas, o que quer que elas tivessem em casa, se acotovelavam e se empurravam. A água, manchada de limo e carvão, saía de grandes torneiras, mas pelo menos dava para beber. E aí, o homem do caminhão pipa fechava as torneiras e ponto final. Por hoje é só. Até amanhã, pessoal. E lá ia ele para mais uma rua de sorte. Algumas voltavam para os hidrantes. Continuei a andar e vi gente vasculhando os destroços de suas casas, como se fossem miseráveis. Fiquei espiando a vida das pessoas. A frente das casas geralmente havia desabado inteiramente, deixando os móveis, os livros e as cerâmicas ainda no lugar. Numa casa, um buraco na parte de trás de um armário, antes escondido pela parede, mostrava a todo mundo o que havia lá dentro. As tábuas do teto de quase todo mundo tinham ido parar no meio da rua, expondo a infeliz armação de treliça. Alguns tiveram realmente muita falta de sorte. Todo o interior das casas desabou, misturando tijolo, madeira e vidro com papéis, cortinas e roupas. As escadas estavam encostadas no que sobrou das paredes e os móveis quebrados estavam organizados em pilhas nas calçadas. Não consegui aguentar mais aquilo. As Cantinas Móveis do Exército da Igreja, as Cantinas Móveis do Serviço de Mulheres Voluntárias, as Cantinas Móveis do Exército da Salvação, todas trazendo comida e bebida para os trabalhadores e os desabrigados. Numa rua, a Alemanha havia jogado uma bomba de meia tonelada entre os trilhos do bonde. Todos os fios que passavam por cima haviam caído. Uma menininha chorava enquanto via a carcaça incendiada de um bonde. E do lado de fora da barbearia, um cartaz dizia: "Nós passamos raspando. Agora venha raspar a barba aqui." Continuei andando no meio do meu torpor, tentando não pensar nela, deitada onde estava. Fui até o parque onde eu devo ter dormido. A neve me acordou, com os flocos frios caindo sobre meu rosto. Abri os olhos e me vi no meio da luz clara e úmida daquela tarde. Foi quando vi as pessoas enchendo as bacias de aço com a água do lago. Decidi voltar para a cidade. Não fazia sentido em voltar à casa da minha mãe e procurar as coisas dela. Tudo estaria molhado e não teria serventia alguma. E também não havia por que tentar encontrá-la. Ela não precisava de mim, naquela hora. Decidi voltar para Len. Para a aldeia.

DEZEMBRO DE 1940

As Forças Armadas decidiram enterrá-los hoje. Em plena véspera de Natal. Algumas pessoas tiveram uma missa particular, mas a maioria foi enterrada junta. As autoridades estavam todas lá. O prefeito, representantes dos órgãos de Defesa Civil, religiosos de todas as crenças. Fiquei de pé na neve. Já vinha nevando direto fazia duas semanas. Pensei nela olhando para o céu, enquanto os alemães despejavam as bombas. O maior cinema do mundo. Imagino o que ela deve ter achado daquilo. De pé, no ar daquela noite fria, com toda aquela barulheira e o brilho vermelho do fogo iluminando todas as redondezas. Podia até ver o prazer infantil no rosto dela. A missa acabou e a gente começou a ir para o cemitério. Lembrei que aquilo não estava com ar de Natal. E que estava tão frio que eu teria de pedir mais carvão ao controlador de cota.

JANEIRO DE 1941

Li no *Star* que o rei e a rainha visitaram a cidade ontem. Ficaram três horas, passaram pelas casas bombardeadas e conversaram com as pessoas. Tudo o que eu podia pensar era no cheiro das fossas e dos banheiros químicos no quintal dos moradores. Espero que as forças armadas tenham feito alguma coisa quanto a isso. Já em relação à neve, não há o que fazer. Não para de cair há várias semanas.

FEVEREIRO DE 1941

Len, obviamente, se recusou a comparecer ao enterro. Ela nunca gostou de mim mesmo, falou. Mas não era essa a questão. Para mim, era uma questão de respeito. Quem foi que disse que ela tinha de gostar de você? Ela o tolerava. E já era uma grande coisa da parte dela, pode acreditar. Mesmo assim, Len não aceitou ir ao enterro. Quando voltei de lá, ele riu da minha cara. Baixou o jornal. Ela morreu porque você saiu da casa dela e veio fazer a vida comigo, falou. Saí da sala. Decidi que, no primeiro domingo de cada mês, eu ia pegar o ônibus para a cidade. Faria o papel de boa filha. Hoje era domingo. Apesar do frio, eu não tinha escolha. Tem um ônibus que sai de manhã e outro que volta à noite. Os horários foram reduzidos ao mínimo, pois os ônibus passaram a ser usados como ambulâncias de emergência. Sendo assim, eu sabia desde o início que teria que passar o dia inteiro lá. Não demorei muito tempo no túmulo. Foi só uma questão de dizer Oi, mãe, tudo bem? Espero que você tenha encontrado o papai. E, se encontrou, espero que esteja feliz.

Pelo menos, mais feliz que eu. Não sei nem como você não poderia estar. Você teria de ser muito ruim para estar mais infeliz que eu. Agora que ela estava com o criador, eu tinha a sensação de que ela estava me escutando. O que era mais do que ela era capaz de fazer quando tinha sangue correndo nas veias. Saí, depois decidi que devia comprar algumas flores para ela. Comprei no hospital que ficava ali ao lado. Muito prático ter um hospital ao lado. Para algumas pessoas, pode dar calafrios, mas para mim, não. Depois que comprei as flores, voltei ao cemitério e as depositei no túmulo. Recuei um pouco. Me perguntei se era possível colocá-las de tal maneira que todos vissem que as flores eram para a minha mãe e não para as outras duas pessoas que dividiam a cova com ela. Uma era um bebê que não durou nem um dia. A mãe dele não tinha dinheiro. E, provavelmente, nenhum homem para sustentá-la. E um velho. Bem velho. Viveu mais do que devia, até não restar mais ninguém da família. Provavelmente gastou suas memórias do mesmo jeito que um disco de gramofone que é tocado demais. Tentei colocar as flores de um jeito que minha mãe soubesse que eram para ela. Mas será que isso tinha importância? Afinal, ninguém tinha trazido flores para os outros dois. Deixe eles dividirem, pensei. E fui dar uma volta no parque. Fiquei sentada no lago e passei a tarde inteira olhando despudoradamente para a frente. As pessoas costumavam vir aqui e alimentar os patos. Mas agora ninguém mais tinha pão para jogar fora. Os patos tinham que se contentar em comer o que quer que eles comessem, antes das pessoas serem generosas com eles. E então o tempo voltou a piorar. Começou a nevar. Os galhos das árvores estavam curvados debaixo de uma grossa camada de gelo. Fui ao cinema para fugir do frio. Achei difícil encontrar um cinema que não estivesse com um cartaz de Lotado. Outras pessoas devem ter tido a mesma ideia. Gente solitária. Gente sozinha que não tem vergonha de ir ao cinema. Por que deveriam? É um lugar escuro. Ninguém pode vê-las. Ninguém dá a mínima. Mas, nos dias de hoje, detesto cinema. São um monte de filmetes institucionais do governo sobre como ganhar a guerra. Eles agem como se você fosse um idiota. O que fazer. Como fazer. Como economizar. O que economizar. E um longa-metragem de como a Inglaterra era uma sociedade sem classes, agora que estávamos todos puxando a corda para o mesmo lado. Sociedades sem classes, uma ova. Um idiota de nariz empinado continua a ser um idiota de nariz empinado. Então as luzes se acenderam e todos saímos em fila. Lá fora já estava bem escuro. Esperei no ponto de ônibus. Havia algumas pessoas que eu conhecia na fila. Elas me cumprimentaram com a cabeça e depois se fecharam em seus casacos. Assim como eu, elas provavelmente estiveram visitando parentes ou amigos. Embora, no caso delas, eu imaginava que eles ainda estivessem vivos. O ônibus demora uma hora e pouco para chegar à aldeia. Atualmente, demora um pouco mais. Enquanto subíamos o morro, os pneus cuspiam gelo e cascalho atrás deles. Nós estamos na penúltima parada. Saltamos e evitamos dar um último cumprimento com a cabeça. E até que nos saímos bem. Muito bem.

JULHO DE 1936

Todo mundo na fábrica vai viajar no verão. A maioria vai para Scarborough, mas alguns vão fazer uma viagem bem mais longa, até Blackpool. Todos com muitos planos em mente. Mas eu, bem, eu não vou a parte alguma. Eu sei que ela não vai deixar mesmo. Simplesmente vai dizer que é um desperdício de dinheiro e ponto final. Não vai ter discussão, nem nada. Como quando ela me fez sair da escola há quatro anos. Eu disse que o papai ia querer que eu tivesse aquele diploma, talvez até para um dia entrar numa faculdade. Ela olhou firme para mim e perguntou: Como você sabe? Ela falava como se ele não tivesse nada a ver comigo. Eu não falei mais nada. Quando criança, aprendi rapidinho que o melhor era falar o mínimo possível para ela. Mas sempre que eu pegava um livro para ler, ela começava a folhear a Bíblia e a olhar torto para mim. Um dia ela me bateu, porque disse que eu lia demais. Aparentemente, não havia necessidade de ler tanto. Era uma desobediência civil da minha parte. Ela parecia não entender que essa era a minha maneira de me esconder dela. Tudo era visto como uma espécie de traição a ela. Eu era sempre uma decepção. E assim eu tive que sair da escola e ir trabalhar. Afinal, eu não podia esperar que ela continuasse me sustentando. Como é que eu imaginava que ela tinha conseguido me sustentar até agora? E com isso eu abandonei os estudos. Aprendi, nos últimos quatro anos, a ignorá-la. A tentar não ouvir a voz de cabra, cheia de sentimentos de autoimportância. E continuei a me fechar em meus livros. E agora todo mundo está falando de viajar no verão. Mas ninguém me pediu para ir com eles. Não perguntaram nem se eu estava indo a outro lugar. Não estão nem um pouco interessados. Acho que eles pensam que vão receber a mesma resposta amedrontada que receberam quando me convidaram para um baile. Não posso, gaguejei. Imagino que eles pensem que eu seja tímida, porque não sou lá muito atraente. Bem, isso até que é verdade, mas não é toda a verdade. Não é nem metade da história. É que eu me sinto mais feliz com os livros. Eles não gritam comigo, não me acusam de ter feito isto ou aquilo. Eles nem sabem que eu não sou lá muito atraente.

NATAL DE 1936

Arranjei mais um emprego: rasgar as entradas no Lyceum Theatre ("Peças de Yorkshire para o povo de Yorkshire"). Um trabalho para me manter afastada de casa até um pouco mais tarde, todos os dias. Depois que as pessoas entram, eu também posso ver a peça. Que também não é lá essas coisas. Na verdade, é uma pantomima, Mamãe Ganso, mas pelo menos estou conhecendo um mundo novo e gente com uma formação diferente. Foi assim que conheci Herbert. Ele é ator. Conversa sobre Shakespeare comigo. Parece surpreso por eu ter lido algumas peças dele e também a obra de poetas como Wordsworth, Coleridge e outros. Herbert começou a me explicar a diferença entre tragédia e comédia. Nós conversamos bastante sobre isso. Ele riu quando eu disse que detestava meu nome porque não tinha nenhuma personagem de Shakespeare chamada Joyce. Geralmente a gente bebe alguma coisa antes da peça. Ele está tentando me fazer gostar de gim. E eu sempre tento colocar o copo de volta em cima da marca d'água no balcão do bar. E então, na noite de ontem, véspera de Natal, concordei em sair com ele e com o resto do elenco, depois do espetáculo. Sempre existem lugares que ficam abertos para os artistas. Parece que todo mundo gosta de artista. Quando bateu meia-noite, todos brindamos ao Natal. E então, mais tarde, depois de me acompanhar até em casa, o Herbert me beijou do lado de fora e disse o quanto me amava. Tudo em que consegui pensar em dizer foi: tenho 18 anos. Ele só sorriu e me beijou de novo.

ABRIL DE 1937

Ela nem bateu na porta. Simplesmente entrou direto no quarto e ficou ali de pé, querendo que eu falasse alguma coisa. Mas eu não podia falar nada, porque não conseguia parar de chorar. Eu ficava irritada pelo fato de ela não conseguir perceber isso. Que ela não conseguia nem ver que eu estava transtornada. Ele não estava respondendo às minhas cartas. Nenhuma carta. E não havia ninguém na fábrica com quem eu pudesse dividir meu sofrimento. Ela me olhou longamente, mas tudo o que conseguiu dizer foi: é a primeira vez em séculos que eu vejo você sem ler um livro. E eu pensei um pouco. Era verdade. Mas ela nem me perguntou por que eu estava chorando. Se tivesse, eu teria contado. Mas era como se ela só estivesse ali para saber a causa de todo aquele barulho. E, assim que ela descobriu, saiu do quarto, fechando a porta atrás de si.

MAIO DE 1937

Depois do aborto, fui com ela até a igreja. Ou, como ela disse, fui até Cristo. Eu continuava trabalhando na fábrica, mas conversava menos do que antes. Eu não falava com ninguém, mesmo que puxassem papo comigo. Era parte de minha atuação. Eu simplesmente não falava. Mas achei que Cristo talvez estivesse preparado para conversar comigo. Pelo menos, era possível que Ele demonstrasse algum interesse por mim. Mas não demonstrou. E assim abandonei a igreja. Ou abandonei Jesus — nunca soube bem qual dos dois. E ela me deixou. Meu abandono de Jesus foi a gota d'água. Eu tinha escolhido abandonar a Ele, que tornava a vida dela possível. Para ela, essa foi minha maior desfeita.

NATAL DE 1937

No trem para o sul, fiquei olhando pela janela. Eu ia gastar todos os centavos que eu conseguira economizar na vida. Quando cheguei a Londres, fui para uma pensão, perto da estação de King's Cross. Calculei que meu dinheiro pudesse durar, com um pouco de sorte — ou talvez muita sorte —, uns quatro dias. E depois eu não sabia mais o que fazer. Encontrei Herbert no segundo dia. Ele estava no Lyric Theatre, fazendo Mamãe Ganso. Mas era outra produção. E, mesmo sendo em Londres, parecia uma montagem pior que a outra. Até os cartazes eram primários. Tudo era muito decepcionante. Mas não tanto quanto o próprio Herbert, que conseguiu uma cadeira para mim e disse que nós poderíamos conversar depois. Num pub em Hammersmith, infestado de fumaça de cigarro: The Dog and Pheasant. Ele me pagou um gim e pediu uma caneca de cerveja para ele. Falou que não pôde responder às minhas cartas. Contou que tinha esposa e dois filhos, e eu fiquei ouvindo aquilo tudo boquiaberta. E então entornei o gim. Virou na mesa, e eu vi a poça se formar. Ele comprou mais um, depois disse que precisava comprar uns Woodbines no bar. E eu nunca mais o vi. Fiquei ali sentada sozinha, rodando o gelo no copo com o dedo. Eu tinha sido enganada. Percebi que Herbert não tinha a menor ideia do que era estar na pele de qualquer outra pessoa que não ele mesmo. Mas isso também não fazia sentido, já que ele era ator. Então já eram 22 horas e eu ouvi o dono da casa gritar: está na hora de fechar, senhoras e senhores. Vamos nos preparar para sair, por favor. Está na hora de fechar. Fora do pub, um homem me perguntou se eu tinha fogo. Antes que eu pudesse responder, ele acenou para mim e sorriu. Tinha os dentes amarelos. Meu estômago se embrulhou levemente.

FEVEREIRO DE 1938

Hoje de manhã, comecei em um novo emprego. Num armazém que importa alimentos do todo o interior e também do exterior. Meu trabalho é atender os visitantes. Geralmente lojistas do país inteiro. Bem, eu já fiquei muito tempo sem falar nada. Mas eu também odeio esse emprego em que precise falar o tempo todo. Odeio essa cidade. Estou tentando voltar a ler, mas não está fácil. Toda noite ouço o barulho monótono das passadas dela, enquanto sobe os degraus barulhentos da escada. Aí percebo que nem sei direito por que estou lendo, muito menos o que é que estou lendo. Tudo o que quero é chorar, mas prometi nunca mais deixá-la me ver chorar de novo. Nunca mais.

SETEMBRO DE 1941

Estamos no outono. Faz dois anos que estou aqui. Já me conformei com o fato de que nunca vou gostar deste lugar. Mas pelo menos não preciso fingir. Len sabe o que eu penso. E sabe também o que penso da guerra. Detesto aquelas semanas de "Asas para a Vitória" ou de "Saudação aos Soldados". Só estou esperando isso tudo acabar para ir embora daqui. Hoje perguntei a Len sobre os pais dele. Ele geralmente reluta em falar sobre eles, mas hoje, por algum motivo, ele pousou a xícara na mesa da cozinha e começou a responder. Mas decidiu não me olhar nos olhos enquanto falava. Passou um bom tempo falando, aliás, até a hora que eu achei que ele fosse começar a chorar. Mas não chorou. Ficou quieto por alguns instantes, depois simplesmente se levantou e saiu. Naquele momento eu soube que nunca havíamos nos casado de verdade. A gente não se conhecia. Não confiava um no outro. Mais tarde, ele voltou bêbado e sem falar coisa com coisa. Disse que Hitler parecia um esfregão de banheiro, um histérico. E que, como a Rússia era o único país em condições de enfrentá-lo, talvez isso quisesse dizer que o sistema de governo deles fosse o mais certo. Imagino que ele tenha ouvido essas besteiras no pub. Ele se apoiou em cima de mim, enquanto eu o ajudava a subir e a se deitar na cama

DEZEMBRO DE 1941

Len está na cadeia por fazer o que centenas de pessoas, no país inteiro, estão fazendo: negociar no chamado "mercado negro". Eles o levaram no dia seguinte àquele em que os americanos fizeram a gentileza de entrar do nosso lado na guerra. O fato de eles terem optado em ficar observando a distância, enquanto nós perdíamos a Noruega, a Bélgica, a França, a Dinamarca e a Holanda só serviu para suscitar um monte de sensações negativas que já existiam contra eles. Eu estava na sala com Len, ouvindo o anúncio pelo rádio. Quando acabou, ele fechou o *Star* e deixou-o cair ao lado da poltrona. Depois se levantou. Ouvi a porta se fechar e os sapatos dele fazerem barulho no calçamento da rua. E, na manhã seguinte, os fiscais chegaram. Representantes do Comitê de Regulação de Preços das regiões Norte e Leste, com sede em Leeds. Para pegá-lo. Mas Len tinha ido à cidade. Já tinha sido advertido três vezes, mas não dera ouvidos. Só era permitido comprar ovos para se criar galinhas, mas fazendeiros, lojistas e clientes formavam uma parceria que transformava esse decreto em letra morta. So que o Len quisera manter suas atividades subversivas em larga escala. Mil ovos. Talvez até mais. Oficialmente, só se podia cobrar 3 pence e 3 *farthings* por um ovo. Mas tinha muita gente que pagava até 15 xelins por uma dúzia. Len sabia muito bem disso. Ficaram esperando do lado de fora, no carro, até Len chegar da cidade. Quando chegou, soube na hora que havia alguma coisa errada. Os dois o seguiram para dentro da loja. Len olhou para mim e depois para eles. Falou como se estivesse falando com dois cachorros. Vocês dois, o que é que vocês querem na minha loja? É você que nós queremos, rapaz, foi o que disseram. Nós já encontramos o que queríamos. E já pegamos o seu companheiro. E agora você vai acompanhar a gente. Len se virou e me encarou. O que você disse a eles? Eu dei de ombros. Você não contou nada a eles, contou? Os fiscais o observavam. Tem alguma coisa que ela não deveria ter contado, é isso? É claro que não, disparou Len. Você é um filho da puta mentiroso, sabia? Len avançou para cima de mim. Um dos fiscais pôs a mão no braço dele. Agora chega. Você vem com a gente. Por aqui. Sua mulher pode trazer suas coisas mais tarde. Não tem a menor necessidade de se assustar. Está tudo muito claro. Vocês estão me prendendo? Estamos, sim, rapaz. Eu já disse. Nós já temos o seu amigo fazendeiro. Vocês dois vão ter bastante tempo para ensaiar uma história. E ela? Você está sugerindo que a gente também deva levar a sua esposa? Len me fuzilou com o olhar, como se, de alguma maneira, eu fosse responsável por aquilo tudo. Mas ele não podia falar nada, senão ia parecer que era culpado de alguma coisa. Que, por sinal, ele era. E assim ele se permitiu ser levado em silêncio. E naquela noite eu pude dormir bem. Me estiquei toda na cama. Eu sabia que, o que quer que acontecesse, eu não teria mais de dividir a cama com ele. Que, se ele voltasse, eu ficaria a noite inteira de pé, num canto do quarto, antes de me sujeitar a dividir a cama com ele outra vez. Um peso enorme foi tirado de minhas costas no momento em que o levaram embora. Meu peito se desprendeu. Eu podia voltar a respirar. O juiz não mostrou a menor simpatia por ele, e ele já esperava por isso. O magistrado terminou seu discurso observando que, para lojistas e prostitutas, esses anos magros estavam se revelando anos de fartura. Len foi incentivado a se ver como um urubu que comia a carcaça de sua pátria ferida. Eu voltei sozinha para a aldeia. Para enfrentar os olhos acusadores dos outros. Eu não tinha "ficado ao lado dele". Para mim, agora era importante abandonar minha vaidade. Aprender a ignorar o que quer que estivessem falando a meu respeito. Já estou treinando. De noite, obedeço à ordem de colocar o blecaute nas cortinas, me sento sozinha e ouço o rádio. Acompanho as notícias da guerra, ouço o ITMA e leio um pouco. Tenho pensado muito em minha mãe. Mas nunca peço ajuda a ela. Aliás, não peço ajuda a ninguém. E, na loja, independentemente de como elas me olhem, sempre solicito os cupons das pessoas. Será que elas percebem que, se os fiscais não tivessem levado Len, os serviços de voluntários já estariam loucos para me convocar? Eu estava prestes a ser classificada como "móvel", uma vez que eles estão cada vez mais desesperados. Meu marido inválido teria de aprender a cuidar da própria vida. Que é exatamente o que vai acontecer quando ele sair da prisão.

ABRIL DE 1943

Ele veio na manhã do domingo em que eu costumo visitar minha mãe. O primeiro domingo de cada mês. Estava muito bem vestido, de uniforme, e trazia mais alguns narcisos na mão. Trouxe mais algumas dessas flores amarelas para você. Eu gosto delas. Sorri. Mais uma vez, deixei-o na frente da loja, enquanto fui arranjar uma jarra nos fundos. Vi a aliança que eu tinha tirado e deixado na pia da cozinha. Meu Deus, o que eu estava fazendo? Tinha algo de ousado em tirar a aliança e não colocar nada no lugar. Mas eu não estava nem aí. Deixei a aliança ali, enfiei todas as flores num jarro e voltei para a loja. Eu não sabia se devia trazer alguns doces também, falou. Mas isso não importa. Eu posso arranjar doces sempre que você quiser, é só dizer. Ele parecia meio nervoso, por isso toquei no braço dele. Tudo bem, falei. Não se preocupe. Vamos. Sorri e ele pareceu relaxar um pouco. Passear? Isso não. Acho que a gente podia fazer uma visita à minha mãe. O queixo dele caiu. Está tudo bem, falei. Ela já morreu. Ele não sabia o que dizer. Deixe-me fazer uma coisa. Eu vou levar as flores, se você não se importa. Podemos colocá-las no túmulo dela. Ele começou a rir, e eu percebi que ia dar tudo certo. Minha mãe costumava gostar de flores, falei. Tirei-as da jarra. Esperamos no ponto de ônibus. As pessoas passavam por nós, a caminho da igreja. Não tinha nada a ver com ele. Elas não falavam comigo mesmo. Me perguntei se havia algum jeito de contar isso para ele. Que o que elas estavam falando não tinha nada a ver com ele. Mas decidi que era cedo demais para falar disso. Posso muito bem deixar ele descobrir certas coisas sozinho. Nós conversamos no ônibus. A maior parte do tempo eu só fiquei escutando, porque ele falava mais do que eu. Me contou um pouco sobre ele, e por que decidiu entrar para o Exército. Eu, por mim, não queria perguntar coisas demais, porque não sei muito sobre os americanos. Ou sobre pessoas de cor. Eu tinha certeza de que ia cometer um erro. Estava fadada a isso. Assim, não disse nada. Só fiquei ali, de boca calada, e o ouvi falando naquele sotaque melodioso dele. Eu gosto. Me faz rir, embora eu não saiba bem se é essa a intenção. A maneira como ele estica as palavras. Quando chegamos à cidade, fomos direto ao cemitério e ele se comportou com a maior correção. Deixei que ele colocasse as flores no túmulo da minha mãe. Ele perguntou se eu queria fazer uma oração. Olhei para ele, sem saber direito o que fazer. Achei que era melhor simplesmente falar a verdade. Não sei rezar, falei. Isso não era exatamente a verdade. Eu até conheço algumas orações, mas não sou muito boa nessas coisas. Orações. Ele disse que estava tudo bem. Será que eu me importaria se ele rezasse? Eu disse é claro que não. E assim ele rezou. Quando acabou, achei melhor dizer para ele que não havia muito o que se ver na cidade. É a mais pura verdade. Não me importa o que os outros falem. Não é um bom lugar para se mostrar a um visitante. Ele disse que nós podíamos conversar, enquanto caminhávamos pelas ruas da cidade. E foi o que fizemos. E, mais uma vez, ficamos conversando sobre ele e eu tentei evitar a maneira como as pessoas olhavam para a gente. Estavam olhando para mim, e não para ele. Para ele, só cumprimentavam com a cabeça. Algumas pessoas paravam para lhe pedir um Lucky Strike. Ele sempre dava dois e um sorriso. Achei simpático. Me fazia pensar boas coisas sobre ele. Mas ninguém dirigia uma palavra à minha pessoa. E eu sabia o que eles estavam pensando. Que ele só estava se divertindo comigo. Eu não estava de aliança no dedo, mas eu não acho que elas tivessem o direito de me olhar daquela maneira. Que diabo elas pensavam que elas eram? Falei para ele que eu achava que a gente devia ir sentar no parque por alguns minutos. Não estava me sentindo muito bem. Aliás, estava me sentindo um pouco tonta. Ele passou o polegar e o indicador em volta de meu pulso. Tem certeza que você está tendo comida suficiente para se manter? Estou sim, obrigada. Tem certeza que você não quer que eu lhe arranje algumas barras de Hershey? Sorri. Nós nos sentamos num silêncio meio confuso, ele com seus pensamentos e eu com os meus. Eu só ficava pensando: não sei o que essas pessoas podem ganhar com isso, sendo tão cruéis. Mas eu só estava conseguindo ficar com mais raiva e pude sentir que estava ficando difícil para ele. Passei o braço pelo dele e perguntei se ele queria ir ao cinema. Ele sorriu. Claro. Por que não? E assim, lá fomos nós, para o escurinho do Elektra Palace, logo na primeira sessão, mas eu não estava realmente prestando atenção na tela e pude perceber que ele sentia isso. Eu me sentia uma idiota, mas não tinha como dizer que não era culpa dele. Que não tinha nada a ver com ele. De verdade. Quando saímos, já estava escuro e eu sabia que havíamos perdido o ônibus. Eu não sabia o que fazer. Caminhamos meio perdidos na direção do ponto, e percebi que era melhor dizer logo o que havia acontecido. Ele olhou para o relógio. Tenho que estar lá em uma hora. Deve ter algum outro jeito. E se a gente pegar um táxi? Eu falei que nunca tinha entrado num táxi na vida. Não sabia se eles ainda funcionavam, com o blecaute e tudo o mais. Aí eu falei que sentia muito, que eu não queria ter causado esse problema para ele. Ele olhou para mim. Não se preocupe. Não é culpa sua. Mas eu sabia que ele não estava falando a verdade. Só estava tentando poupar meus sentimentos. Ficamos ali em pé, esperando pelo tal táxi imaginário. Pequenas lâmpadas "starlight" tinham substituído as antigas lâmpadas padrão. Essas lâmpadas projetavam fachos de luz tênues na rua, que deviam a facilitar nossa visão. Expliquei que, aparentemente, não dava para ver essas lâmpadas lá de cima. Ele tocou meu braço. Pude ver que ele estava preocupado. Depois de meia hora, ele fez sinal com a mão para um jipe militar. Polícia Militar, sussurrou para mim. Nós dois subimos na traseira do jipe. Ele contou que eu tinha feito a gentileza de apresentá-lo à minha mãe. Ela passou mal e nós precisamos cuidar dela. Tive vontade de rir, mas senti medo. Os dois homens na frente não falaram nada. E eu sabia que o havia deixado em maus lençóis. Queria que a terra me engolisse. Ele abraçou os joelhos e voltamos para a aldeia em silêncio.

ABRIL DE 1943

Essa noite sonhei com a matinê a que assistimos no domingo passado. Não com o filme em si, porque eu mal prestei atenção na tela. Mas com um filme diferente. Aliás, foi como se o dia tivesse sido totalmente diferente. O filme era sobre um soldado que, de licença, conhece a mulher de um proprietário de terras. O pai dela, todo empavonado, é um veterano da Primeira Guerra Mundial. Ele não leva muita fé nesse frangote saindo por aí com a filha dele, mas aos poucos vai percebendo que ele não é má pessoa. E o jovem soldado acaba sendo conquistado quando percebe que o latifundiário vai ver os fogos de artifício junto com o pessoal da roça. Em outras palavras, ele faz a parte dele. Detestei o filme, porque sabia que aquilo não era verdade, mas meu amigo gostou. Disse que aquele era o primeiro filme inglês que ele assistia. Depois, fui com ele comer fish and chips e ele pegou o ônibus para casa. Quando acordei, pensei que fosse chorar.

MAIO DE 1943

Não o vejo há quase três semanas, por isso decidi que, na próxima vez que um soldado entrar na loja, vou tomar coragem e perguntar por meu amigo. Então hoje de manhã o oficial de óculos escuros, o que sempre diz Olá, duquesa, entrou para perguntar o caminho para um lugar assim e assado. Depois que informei o que ele queria saber, perguntei se meu amigo estava sendo punido. Em princípio ele ficou surpreso, mas depois disse que sim. Falei para ele que isso não era justo e que o que havia acontecido não tinha sido culpa dele. Mas o oficial fingiu que não ouviu. Simplesmente deu meia-volta e saiu. Fechei a loja mais cedo e me pus a cumprir a breve distância até o acampamento. Fui até os soldados que estavam no portão. Eles me perguntaram o que eu queria, mas só falei que queria ver o oficial responsável e eles não fizeram nada depois disso. Apenas chegaram para o lado e eu entrei direto. Fui até o escritório principal e lá me conduziram a uma sala onde um homem estava sentado atrás de uma mesa. Pois não, ele falou. Então, quando ergueu os olhos e viu quem estava na frente dele, ele se levantou e esticou a mão. Desculpe. Por favor, sente-se. Olhei para ele, mas continuei de pé. Ele se sentou. Meu amigo, falei, está sendo punido por uma coisa da qual ele não teve culpa alguma. Ele franziu um pouco mais o cenho, como se não soubesse a quem eu estava me referindo. Seu amigo? Eu não ia entrar naquele jogo. Olhei firme para ele. Ele sabia muito bem quem era o meu amigo. Continuei explicando como a culpa tinha sido minha, por ele ter perdido o ônibus. Como era eu que deveria ser culpada, se chegasse a tanto. Ele começou a me passar um sermão sobre disciplina. E como era importante, no exército, que as ordens fossem obedecidas. Que, se ele abrisse uma exceção para alguém, logo teria que abrir uma exceção para todo mundo. Eu fiquei só escutando. E então voltei a explicar que a culpa por ele ter perdido o ônibus era toda minha. Ele me olhou. O que é que você quer que eu faça? Que acredite em mim, respondi. Aquele idiotinha olhou para a mesa. Vou ver o que posso fazer, falou. O que realmente não significava nada, pois nós dois sabíamos que ele poderia fazer o que bem entendesse. Eu me virei para ir embora. Isso não quer dizer que nós não queiramos que nossos homens se misturem com as garotas da aldeia, não é nada disso. Nós só não queremos que haja um incidente. Não tem sido fácil para ninguém aqui. Eu me virei e saí. Ao sair do acampamento, tive a impressão de que todo mundo sabia quem eu era e que eles sabiam por que eu tinha ido falar com o comandante. Fiz o caminho de volta até a loja. Algumas pessoas da aldeia pararam para ficar me olhando. Elas me indicavam com a cabeça e era como se estivessem apontando para mim. Tanto dentro como fora do acampamento eu chamava atenção. Pelos motivos errados.

JUNHO DE 1943

Hoje ele foi à loja. Não pude me conter e soltei um gritinho de espanto. Ele não queria comprar nada. Só conversar. Contou o quanto ficou constrangido na traseira do jipe. Falei que não havia razão para isso. Afinal, era eu quem deveria estar constrangida. Eu é que tinha metido a gente naquela encrenca. Se eu estivesse de olho no relógio, nada daquilo teria acontecido. Discutimos um pouco essa questão, mas nos calamos quando uma senhora entrou, querendo comprar cigarro. Ela olhou na direção do meu amigo, mas não disse nada além de "ah" quando saiu. Por alguns segundos o barulho dos sinos da porta ecoou em meio ao silêncio. Aquilo marcou uma virada no tom de nossa conversa. Meu amigo baixou a voz e disse o quanto estava grato por eu ter me dado ao trabalho de ajudá-lo. Decidi fechar a loja. Já estava quase na hora mesmo. Virei a plaquinha da porta e passei o trinco. Depois disso, ele relaxou. Contou que os policiais militares não o haviam levado direto até o acampamento. Depois que me deixaram, eles seguiram na estrada até uma clareira e mandaram-no saltar do jipe. E começaram a bater nele com os cassetetes. Ele contou que bateram com tanta força que ele achou que seus rins fossem explodir. Fechei a boca quando percebi que meu queixo estava caído. Quando o levaram para o acampamento, fizeram um relato de que ele estava bêbado e difícil de ser contido. E assim, o comandante decidiu que ele deveria ficar confinado no campo até segunda ordem. Fiquei horrorizada quando ele me contou isso, mas ele parecia achar tudo muito natural. Me disse que o Exército só gostava deles para fazer a faxina e coisas do gênero. Perguntei se ele queria ir comigo até o pub e beber alguma coisa. Queria que ele continuasse falando comigo. Queria que ele tentasse entender que eu precisava saber mais sobre ele, senão eu só ficaria mais confusa e cometeria mais erros ainda. Eu iria cometer esses erros, se ele não me ajudasse. Ele me perguntou se eu achava adequado ir ao pub na sua companhia. Olhei para ele e disse que não havia nada de errado em ele ir ao pub comigo. Por que haveria? Muito bem, então vamos ao pub, ele falou. Fechei a porta atrás de nós. Percebi que as ruas estavam desertas. Acho que todos deviam estar tomando um chá. Estava na hora. E no pub só havia um ou outro sujeito mais velho. Ou seja, ninguém. Ele pediu bitter. O dono do pub gostava deles. Dos americanos, quero dizer. Acho que tinha simpatia por eles, queria que eles se sentissem em casa. E depois que eles perceberam que a cerveja sempre teria um gosto quente e meio aguado, e que às vezes eles tinham de beber numa jarra porque os copos acabaram, tudo ficou bem. Até riu quando um soldado devolveu uma caneca cheia e disse para devolver aquela cerveja para o cavalo de onde aquilo tinha saído. E eu gostava do proprietário. Percebi que, depois que ele subia ao sótão para pegar uma barrica nova, ele tinha o hábito de fumar calado nos fundos, em vez de no bar, na frente de todo mundo. Era como se precisasse de um tempo sozinho, para reorganizar os pensamentos. Eu gostava disso nele. Ele aparecia na frente dos outros e batia no cachimbo vazio. Travis trouxe a caneca grande para uma cadeira de canto. Falei que, ali, logo, logo nós poderíamos ver o sol se pôr.

JUNHO DE 1943

De volta à loja, ele se sentou comigo no andar de cima. E eu lhe ofereci um chá. Chá quente, como ele teimava em dizer. E ele falava muito pouco. O que tinha de ser falado, já havia sido. Perguntei se ele estava com fome, mas ele balançou a cabeça em negativa. Eu também não sou lá uma grande cozinheira, e isso resolveu a questão. Percebi que provavelmente ele não ia querer escutar o rádio, e eu não poderia culpá-lo. E assim ficamos contentes com o silêncio, com exceção de um ou outro comentário ocasional. Não era complicado, nem muito difícil. Se tivéssemos alguma coisa a dizer, dizíamos e pronto. Lá fora, foi ficando mais escuro. Como sempre, não havia nenhum ruído. Do outro lado do quarto, vi um porta-retrato com uma foto minha e do Len no dia do nosso casamento. Virei-a de cabeça para baixo. O rosto dele foi se enterrar numa leve camada de poeira em cima da cômoda. Então Travis se levantou. Está na hora de ir. Preciso voltar. Lamento ter tomado tanto assim do seu tempo. Só queria dizer obrigado. Eu já mostrei — ele está mudando de tática — eu já mostrei para você as fotos da minha cidade? Ou dos meus pais? Ele sabe que nunca mostrou. Não é o tipo de coisa que um homem faria com uma quase estranha e depois esqueceria. E certamente ele não se esqueceria. Disso eu tinha certeza. Não, falei. Mas eu adoraria vê-las. Muito bem. Na próxima vez eu trago. Bateu continência. Eu ri. Ele esticou a mão para me cumprimentar. Vou voltar com você, falei. Ele soltou uma risadinha, como se estivesse nervoso. Não precisa se preocupar, disse ele. Eu não corro o risco de me perder. Embora a gente nunca saiba quem vai encontrar pelo caminho. Pode ser um policial militar, ou outra pessoa. Aquela mão estendida estava começando a parecer uma besteira, por isso eu a peguei com as duas mãos. E me surpreendi apertando-a de leve. Ele se inclinou para a frente e beijou minha mão. Obrigada, eu disse. Obrigado, ele disse. As luzes estavam apagadas. Eu podia ver os olhos dele brilhando. Ele tirou as mãos das minhas. Eu quis pegá-las como se fossem um peixe fugidio, mas ele era ágil demais para mim. Agora preciso ir, repetiu. Vou ficar bem sozinha. Eu sinto muito. Eu sorri. Eu sabia que ele sentia. Que lamentava ter que ir. Depois que eu fechei a porta atrás dele, voltei para cima. Peguei o pires e a xícara que ele usou para beber e passei o dedo na borda. Uma pequena marca de chá. E então vi a marca na poltrona em que ele havia se sentado. O quarto estava com o cheiro dele. Um cheiro bom. Que eu podia sentir em mim. Eu não ia mais ficar sozinha. Enquanto eu não abrisse nenhuma porta ou janela. Enquanto eu não lavasse nada. Assim eu podia fazer aquele cheiro durar mais tempo.

JULHO DE 1943

Ontem prenderam Mussolini. O locutor da BBC disse que a "ferramenta" de Hitler tinha caído da prateleira do Eixo. Eu estava sozinha no pub quando veio a notícia. O proprietário pegou a ração de uísque daquele mês para comemorar o que para ele parecia ser o fim. Me ofereceu um pouco, mas eu recusei. Ele disse que provavelmente os ianques teriam que ir até a Itália para fazer a faxina. Disse que provavelmente sentiria falta deles. Eu senti como se uma porta estivesse se fechando dentro de mim. Olhei para ele. Ele perguntou mais uma vez se eu queria um uísque. Fiz que sim. Ele sabia o que estava dizendo. Pelo menos, isso eu tenho que reconhecer. Ainda estava bem claro lá fora, por isso dei uma longa caminhada até em casa para me dar algum tempo para pensar. Quando passei pela igreja, pensei no quanto era difícil conseguir qualquer tipo de cosmético, lixa de unha, grampos de cabelo e coisas assim. Antes, eu nunca tinha tido muitas razões para me preocupar com isso. Essas coisas nunca me importavam. Mas agora eu me peguei pensando que era capaz de matar alguém por uma barra de sabonete com essências.

JULHO DE 1943

Tem algumas garotas na cidade que parecem não ter a menor vergonha na cara. Algumas são garotas da fábrica, pessoinhas bem ordinárias, principalmente louras geladas, com pernas que parecem umas colunas gregas. Começaram a frequentar o acampamento. Aparentemente, algumas passam até a noite lá e as coisas vão bem mais longe do que um amasso às escondidas. Ele me conta que meias de náilon, esmalte, perfumes e coisas como essas que eles conseguem pelo malote do Exército são vistas como "material de pernoite". Ele me diz que é por isso que nunca me ofereceu nada, mas é claro que os seus colegas não tiveram o mesmo cuidado. Algumas garotas, aparentemente, são capazes de fazer qualquer coisa por esses tipos de provisões. Desde que os sabonetes e os doces passaram a ser racionados, as coisas só pioraram. Hoje, uma mulher que passava pela loja disse que algumas garotas no acampamento se entregavam por uma simples laranja fresca. Afinal de contas, existe um limite para o que se pode comer de Spam.* Hoje em dia, sexo é a única coisa que não está sendo racionada. Ela considera que isso explica boa parte das doenças que se alastram por aí.

---

* Uma espécie de ração de guerra. (N. do T.)

DEZEMBRO DE 1943

Len voltou para casa hoje. Disse que ainda me ama. Que teve muito tempo para refletir sobre a vida. Que eu podia não perceber mas que, apesar de tudo, ele não podia evitar: ele me amava. Gostei de ouvir. Apesar de tudo, foi bonito. Fez com que eu me sentisse realmente desejada. Mas não falei nada. Só fiquei olhando para ele, de pé, à minha frente, olhando para o seu reino. Ele não precisava dizer nada. Eu sabia o que ele estava pensando. Sabia o que ele sentia por eu ter tomado o lugar dele. Mas eu não ia sair dali. Ele podia ficar olhando o quanto quisesse, mas agora a loja também era minha. Ele quis dizer alguma coisa e eu queria que ele falasse. Mas ele não disse. Assim, eu mesma tomei a iniciativa. Len, falei. Não quero mais ter uma vida de casada com você. O que você quer dizer com isso?, era o olhar dele falando. Só o olhar. Me diga, o que isso significa? Isso significa que, de agora em diante, um de nós dois vai passar a dormir no sofá. Para mim, não importa quem. Não importa. Len se sentou. Para falar a verdade, ele meio que sentou, meio que desabou. Aí ele começou. Eu ouvi uma conversa que você tem andado com um americano. Eu sabia que ia ter conversa. Aliás — eu não devia dizer isso —, eu estava até torcendo para que o Len descobrisse. Eu sei que era uma crueldade. Mas o que é que eu poderia fazer? Era como eu me sentia. Eu esperava não ter que encontrar um jeito enrolado de dizer isso a ele. É verdade, eu tenho um amigo, falei. Agora era a minha vez de me sentar. Eu o encarei e passei o bastão para ele. Ele podia dizer o que bem entendesse. E falou. Eu não acho que você devesse ter amigos desse tipo. Fico parecendo um idiota. Eu ri. E que tal ser preso? Ser levado à prisão não me faz parecer uma idiota? Len se levantou. Apontou o dedo para o meu rosto. Ficou gesticulando com o dedo para pontuar as frases. Você não vai mais ver esse cara, nem nenhum desses americanos. Você não vai mais à cidade, nem ao pub, nem vai deixá-los entrarem aqui, nem falar com eles, não vai fazer nada enquanto eu estiver aqui. Eu nunca teria me casado com você, ou teria te tirado daquele lixo onde você morava, se soubesse que você ia se comportar como uma puta. Você está me entendendo? Sim, Len, falei. Estou entendendo perfeitamente. Só que eu não vou aceitar nada disso. Não sou eu que vou dizer o que você pode fazer, nem você vai falar comigo desse jeito. O queixo dele caiu. Mas eu sou o seu marido, porra. Eu sei. Você é o meu maldito marido. Mas só no papel. O soco dele acertou o lado esquerdo do meu rosto. Na mesma hora eu senti inchar. Como se alguém estivesse enchendo meu rosto como um balão. Então ele me deu um chute no estômago e eu me dobrei de dor. Sou o seu marido, porra, quer você goste disso ou não. Não é só no papel, não, sua puta. É de fato. De fato e de direito. Agora, como eu já disse, a gente vai sair daqui. Eu consegui trabalho no norte. Nós vamos vender a loja. Metade dela é minha, balbuciei. E nós não vamos vender. Eu não vejo por que eu deveria perder tempo com esse tipo de conversa. Por isso, não falei mais nada. A gente vai embora, disse Len. Eu fiquei quieta. Você está me ouvindo? Um pedaço de carvão caiu no chão e, por alguns segundos, o fogo se acendeu, enquanto o carvão era consumido. Ele deu um estalo, um barulho bem nítido. Ficamos os dois olhando para o fogo, por um momento apreciando aquela cena. Depois nos entreolhamos. Eu sabia que ele não ia mais tocar em mim. Tinha deixado isso claro. E aí veio a vergonha. Imagino que sempre exista um pouco de vergonha dentro de cada homem. Depois que eles dão o soco. Eles te olham e veem você se encolher. E aí passa pela cabeça deles que não deveriam ter feito aquilo. Que isso talvez não seja maneira de se conversar. Eles se arrependem. É de dar pena. Olhei para ele e o incitei a continuar conversando comigo. Instei-o a me bater outra vez. Mas ele não continuou. Eu sabia que ele não ia continuar, mas o provoquei com meu silêncio, até ele ir para o pub.

DEZEMBRO DE 1943

Meia hora depois que ele saiu, ficou muito claro o que eu deveria fazer. Peguei meu casaco. Estava com pressa. Fechei a porta atrás de mim e comecei a caminhar com força até o pub. Olhei para o céu. A lua estava envolta numa neblina espessa e pesada e eu estava com frio, por isso comecei a correr. Era sexta-feira à noite e eu tinha certeza de que todo mundo ia estar lá. Certeza absoluta. Abri a porta do pub e todos os olhares se dirigiram a mim. Entrei e parei. A casa estava lotada. Meu coração estava em disparada e eu não conseguia recuperar o fôlego. Len me viu. Franziu a testa. Ele pode muito bem ficar assistindo, pensei, porque eu estou no pub e não vou sair daqui. Ele estava no canto com alguns amigos. Fui até lá e me sentei com ele. Acho que ele já devia ter percebido que aquele cara estranho no pub era meu marido. Mas não fez nada. Só esticou a mão e tocou meu rosto. O que foi que aconteceu? Não disse nada. Só olhei para Len, do outro lado. Por quê? Então olhei para Travis. Os amigos dele me encheram de perguntas. O marido bateu nela? Por causa de você, cara? Eles estavam perguntando sem se preocupar em facilitar as coisas para mim. Até que se tocaram. Um deles me perguntou se eu queria uma bebida. Vai uma bebida, Joyce? Acho que não. Foi o que eu disse. Que achava que não, obrigada. Esperei mais um pouco. Mas pude ver que eu os estava deixando constrangidos. Me levantei e decidi ir embora. Travis se levantou e disse que me acompanharia até em casa. Não, falei. Mais uma vez olhei, e de propósito, para o meu marido. E fui embora. Antes de sair, toquei na mão dele. Eu só queria que você soubesse. Foram minhas palavras de despedida. Soubesse o quê?, pensei.

FEVEREIRO DE 1944

Len estava bêbado. Não que isso fosse raro. Ele vivia bêbado. Os braços e pernas se moviam ao mesmo tempo. Igual a uma máquina. Formando círculos grandes e pequenos. E, como uma máquina, Len me acertava todas as vezes. Então, de repente, ele apareceu, afastando Len de cima de mim. O soco o levou a nocaute. Vi a boca de Len se abrir e fechar e aquelas palavras. Aquelas palavras horríveis saindo da boca do meu marido. Len voltou a se levantar, mas foi novamente derrubado. Entraram mais dois soldados. Amigos dele. Estavam tentando conter o homem que viera me resgatar. Diziam não. Já está de bom tamanho. Travis segurava Len pelo pescoço. O medo estava no semblante de Len. Travis avisou que se ele encostasse mais um dedo em mim, ele seria encontrado numa vala, com uma bala americana no corpo. Len tinha de mostrar coragem, portanto continuou a cuspir seus palavrões. Mas não era coragem de verdade. Ele só queria parecer corajoso. Len era assim. Mas não estava falando mais nada para mim. Não se importava o suficiente para me dirigir a palavra. Meu amigo. Esse é amigo mesmo. Talvez se importe até demais comigo. Eu não achei que merecesse tanto. Ser salva desse jeito. De verdade. Para mim, foi muito estranho.

MARÇO DE 1944

Len foi trabalhar em seu novo emprego no norte. Disse que posso pedir o divórcio. Não tem por que ficar brigando. Ele sabe que a gente pode se divorciar pela forma rápida, já que ele tem ficha criminal e coisa e tal. Enquanto isso, vou cuidando da loja. Ele perguntou se eu cuidaria e eu disse que sim. Depois da guerra, ele vai voltar. Se eu quiser ir embora antes da guerra acabar, devo avisar a ele, para ele poder vender a loja. Enquanto isso, ele vai ficando com uma parte dos lucros. Esse é o jeito dele. Tem sempre que ganhar alguma coisa. Antes de sair, disse que eu era uma traidora das pessoas da minha classe. Que, no que lhe dizia respeito, eu não era melhor do que uma prostituta comum. Disse que todo mundo na aldeia concordava com ele.

JULHO DE 1944

Hoje fui ver se era verdade. E era. As mulheres grávidas têm direito a uma cota maior de suco de laranja concentrado. E também mais meio litro de leite por dia. Um adicional de meia ração de carne por semana. Mais um ovo (no limite de três ovos por semana). Óleo de fígado de bacalhau de graça. Tabletes de vitaminas cobertos de chocolate. E de quebra um bebê.

8 DE MAIO DE 1945

Hoje é o dia que todos esperavam, mas está tudo muito confuso. Acabou, mas ainda não é oficial. Já sabemos que não vamos mais ter sirenes, blecautes ou luzes de busca. Mas alguém tem que tornar isso tudo oficial. Passei a noite inteira olhando pela janela. Lá pelas 10 horas, as pessoas começaram a desistir e a voltar para casa. A festa nas ruas vai ter de esperar um pouco. Durante toda essa animação, Greer ficou dormindo. Lá em cima, raios. E nuvens escuras começam a se formar. Vai cair um pé d'água a noite inteira.

9 DE MAIO DE 1945

Churchill falou às 3 da tarde. Disse que era uma vitória do povo, mas ele sabia que era dele. Dele, Churchill. No final do discurso, as pessoas gritaram vivas. Todo mundo saiu às ruas para aproveitar dois dias de feriado. As ruas enfeitadas com as cores da bandeira tinham um novo significado, tanto quanto a própria bandeira da Inglaterra e os retratos de Churchill. Ganhamos a guerra. Fiz um coque no cabelo e fui me juntar aos outros. Fiquei com Greer no colo, olhando enquanto eles colocavam os chapéus e cantavam. Dançavam o hokey-cokey e entornavam cerveja de gengibre, de dente-de-leão e de bardana. Eu tinha feito a minha parte. Tinha fornecido comida a eles. Alguns foram até a igreja. Os sinos tinham voltado a tocar. Torci para que pelo menos um deles se lembrasse de Sandra. Algumas pessoas acenderam fogueiras e atiraram ao fogo os formulários do Exército e as cadernetas de racionamento; tudo que tivesse a ver com a guerra. Também havia um boneco grosseiro de Hitler. Esse queimou rapidinho. Às 9 da manhã o rei fez um discurso —

gaguejando, como de costume. Nunca perdi muito meu tempo com esse tipo de coisa, mas era tocante. Alguns até falaram comigo e sorriram para Greer. Pouco antes da meia-noite eu o levei para dentro, para longe do frio da noite.

2

1963

Eram quase 4 horas. Olhei para Greer e queria que ele ficasse, tanto quanto queria que ele fosse logo embora. Expliquei que eu achava que ele deveria sair antes que as crianças voltassem da escola. Ele disse que entendia. Os silêncios estavam ficando cada vez mais complicados, mas pelo menos não havia acusações. Um homem bem bonito. Isso mesmo: um homem. Agora ele não era mais um bebê. Nem um menino. Ele se levantou. Eu sabia que ele nunca iria me chamar de mamãe. Ele podia ir, mas será que voltaria? Não cabia a mim perguntar. Eu não o havia nem convidado a ir até lá. Não desde que aquela senhora de casaco azul e cachecol marrom apareceu. Com um cachorrinho chamado Monty. Estava tão molhada que dava até para torcê-la toda e encher uma jarra. Meu filhinho de soldado. Sem pai nem mãe e sem o Tio Sam. Ele precisa ser entregue aos cuidados do Conselho da Cidade como órfão, meu amor. Se você tiver sorte, ele pode até ser adotado por uma família digna. Sabe que alguns até são? Por muitas semanas, eu caminhava pelo parque olhando para as mulheres empurrando os carrinhos de bebê. As crianças, totalmente sem jeito, pareciam ter caído direto do útero da mãe para dentro daquelas geringonças. Por 18 anos, eu não convidei o Greer para nada. Eu e o seu pai, Greer, a gente não podia aparecer em público. Precisávamos ter muito cuidado. E sermos ousados. Um dia nós começamos um baile. Meu Deus, me lembro tão bem... E por semanas a fio, toda vez que eu pensava nele, eu tinha certeza de que meus joelhos iam dobrar. Mais tarde, eles o levaram para longe de mim, para a Itália. Eu ia ao cinema, com a esperança de vê-lo na tela. Mas só mostravam os ingleses, nunca os ianques. E, quando mostravam, nunca eram os de cor. Uma vez eu recebi duas cartas dele no mesmo dia, e não sabia qual das duas abrir primeiro. Ele voltou no dia 1º de janeiro de 1945. Para se casar comigo. E hoje eu não tenho nem mais uma foto dele. Desculpe, meu amor, mas eu destruí tudo. Cartas, fotos, tudo. Assim que eu conheci Alan. Parecia a coisa certa a se fazer, mas foi uma estupidez. Ele voltou a falar. É melhor eu ir embora, disse. Meu Deus, eu queria tanto abraçá-lo. Queria que ele soubesse que eu tinha carinho por ele. Tanto hoje como naquela época. Ele era meu filho. Nosso filho.

1º DE JANEIRO DE 1945

Ele voltou de licença por motivos de foro íntimo. O médico disse que eu estava tendo um filho e um ataque nervoso. Apenas 72 horas, foi tudo o que deram a ele. Depois, ele teria de voltar. Fui até a cidade me encontrar com ele, mas quase chorei quando o vi descer do trem. Ele parecia ter a espessura de uma porta e estava exausto. Não tinha mais aquela firmeza nas passadas. Não tinha mais alegria no rosto. Todo mundo ficou olhando para ele. Acho que devem ter sentido pena dele, curvado sob o peso daquela mochila nas costas. Parecia ser o homem mais triste do mundo. Mesmo antes de eu ficar grávida, ele perguntou se a gente podia se casar. No começo, eu pensei que fosse só por causa da guerra, mas acabei respondendo que sim, assim que eu me livrasse de Len. Talvez eu tivesse um pouco de medo que ele me abandonasse depois da guerra. Ele já tinha me dito que nós não poderíamos morar juntos nos Estados Unidos. Não era permitido. Achei que, se eu me casasse, seria uma maneira de mantê-lo aqui, na Inglaterra. Quando ele veio até mim caminhando pela plataforma escura, com os passos curtos e aqueles ombros caídos, pude ver o quanto ele estava estraçalhado. Tinha grandes olheiras sob os olhos e já não fazia a barba havia vários dias. Então ele me viu, viu o bebê, estufando minha barriga sob o casaco. Ficou parado, olhando. Senti que eu estava ficando toda vermelha. Então ele veio até mim e eu comecei a chorar. O médico tinha razão, meus nervos estavam a ponto de explodir. Ele deixou a mochila cair na plataforma. Joyce. Foi tudo o que ele disse. Só isso: Joyce. Agora dava para ver o buraco do dente que faltava. Na arcada inferior. Então ele esticou os braços e me puxou para ele. Eu mal podia acreditar. Ele tinha voltado para mim. Ele realmente me queria. Naquele dia, chorando na plataforma, eu estava segura nos braços de Travis.

1945

Fiquei ali em pé, naquela sala gelada, com os olhos de duas testemunhas desconhecidas às minhas costas, Travis a meu lado, meu barrigão na minha frente, torcendo para que o notário pudesse apressar um pouquinho as coisas. Ele tinha um sorrisinho fino estampado no rosto e havia alguma coisa no jeito dele que eu realmente detestava. Quando fui marcar a cerimônia, ele disse que só tinha feito um casamento de uma inglesa com um soldado americano. Não quis rebater dizendo que o casamento que ele realizara nunca seria igual ao meu. Depois que o divórcio saiu, mandei uma carta para Travis na Itália dando a notícia. Ele me respondeu contando que conseguira a permissão do comandante, desde que não tentasse me levar com ele para os Estados Unidos. Isso eles não iam aceitar. Eu não iria me encaixar lá. Depois de receber a carta, fui até o cartório e marquei a data. Ele disse que só tinha feito um outro casamento de uma inglesa com um soldado americano.

1945

Ninguém disse nada, mas quando ele foi tirado da minha barriga e elas começaram a enxugá-lo com a toalha, eu já sabia o que elas estavam pensando. Olhei para ele. Meu lindo filho. A enfermeira o colocou em meus braços. É da cor de café, não é, meu bem? Eu não tinha a menor ideia que o pai dele jamais iria conhecê-lo. Mais tarde, quando recebi o telegrama, depois que a guerra acabou, a mulher de casaco azul veio me visitar. Eu podia vê-la olhando para mim e pensando: coitada dessa desiludida. Você vai ficar melhor, querida, se outra pessoa cuidar dele. Pode acreditar. Eu sei o que eu estou dizendo. Quer dizer, como é que você vai lidar com isso? Você não vai saber o que fazer. Então, sejamos sensatos. Vai ter de começar uma vida nova sozinha. E assim nós fomos sensatos, eu e meu filho. Meu filho, que nunca pediu para eu entregá-lo para a mulher de casaco azul e cachecol marrom.

1945

O homem da Cruz Vermelha bateu na porta uma vez. E depois outra, impaciente. Mal deu tempo de deixar Greer no bercinho e descer as escadas. Abri a porta e ele me passou o telegrama. Nem tive chance de dizer muita coisa. Ele só sorriu de leve e começou a se afastar. Fechei a porta. O telegrama não dizia muita coisa. Tive de tentar imaginar. Morto ao nascer do sol, na costa italiana. Medo. Lama. Um frio de rachar. Barulho. Um silêncio mais alto que qualquer barulho. Fogo de artilharia. Uma bala. Um rapaz gritando de dor, implorando piedade a um Deus que ele não acreditava mais que existia. A carne atravessada pelo aço quente que rasgava o céu. Um homem com sangue jorrando como vinho tinto de suas veias abertas. Num país estranho. No meio de pessoas que ele mal conhecia. Me lembrei do que a minha mãe me disse quando falei que ia me casar. Pelo menos você não vai se casar com um soldado. Isso é uma coisa que você nunca deve fazer, porque vai acabar ficando sozinha. Fechei a loja. E não abri por três dias. No segundo dia, dois deles vieram me ver. Tinham recebido a notícia. Perguntaram se havia alguma que eles pudessem fazer. Não, falei. Obrigada, mas não tem mesmo. Depois de receber o telegrama, tentei não ficar com raiva. Eu sabia que, à minha volta, tudo ia continuar igual. As pessoas iam continuar pedindo o de sempre no pub. Iam continuar indo trabalhar no dia seguinte. Eu era a única que tinha perdido alguma coisa. Elas não haviam perdido nada. A guerra tinha sido apenas um inconveniente. Não fomos nem bombardeados, nessa aldeiazinha de merda. Eu queria quebrar alguma coisa. Realmente estava com vontade de fazer picadinho de alguma coisa. No mês seguinte, estava tudo acabado. Fiz um coque no cabelo e fui me juntar aos outros. Fiquei com Greer no colo, olhando enquanto eles colocavam os chapéus e cantavam. Dançavam o hokey-cokey. Eu tinha feito a minha parte. Tinha fornecido comida a eles. Os sinos tinham voltado a tocar. Torci para que pelo menos um deles lembrasse da Sandra. Algumas pessoas acenderam fogueiras e atiraram ao fogo os formulários do Exército e as cadernetas de racionamento; tudo que tivesse a ver com a guerra. Também havia um boneco grosseiro de Hitler. Esse queimou rapidinho. Às 9 da manhã o rei fez um discurso — gaguejando, como de costume. Nunca perdi muito meu tempo com esse tipo de coisa, mas era tocante. Alguns até falaram comigo e sorriram para Greer. Pouco antes da meia-noite eu o levei para dentro, para longe do frio da noite. Uma semana depois, ela apareceu. A senhora de casaco azul. Com o cachorro, Monty. E o Len também voltou. Ele queria a loja. Eu não tinha dinheiro. Nada. Só Greer. Ela falou: Você vai ter de começar uma vida nova sozinha. E assim nós fomos sensatos, eu e meu filho. Entregue aos cuidados do Conselho da Cidade como órfão, meu amor. Eu não tinha percebido, mas era verdade. O pai jamais iria conhecê-lo. Nunca. Fui embora da aldeia, da loja, de meu ex-marido, e fui morar novamente na cidade. Sozinha. Por muitas semanas eu caminhava pelo parque olhando para as mulheres empurrando os carrinhos de bebê.

1963

Eu estava na cozinha, lavando roupa no tanque. Por acaso, olhei para cima e o vi, em frente ao portão. Eu tinha certeza de que um dia ele iria me procurar. Iria me encontrar. Eu podia ouvir minha respiração. Mas, fora isso, estava tranquila. Me surpreendeu. Ele tinha um pedaço de papel na mão, para o qual ele olhava toda hora. Então ele olhava para a casa de novo, e da casa para o papel. Enfiou o papel no bolso. Alan estava no trabalho e os meninos não iam voltar da escola antes das 4. A primeira coisa que me ocorreu é que ele tinha escolhido a hora muito bem. Que talvez tivesse planejado tudo até os mínimos detalhes. Olhei para o cabelo dele. Era curto demais, para ter aquele look de Teddy Boy. Eu detestava aquele penteado. Ele abriu o portão e começou a vir pelo caminho de entrada. Eu não ia fingir que não estava em casa. Esperei até ele bater uma vez. Quando ele bateu pela segunda vez, fui até a porta e abri. Ficamos ali, olhando um para o outro, eu enxugando as mãos numa toalha de chá. Meu Deus, como era bonito. Pode entrar. Ele pareceu tímido. Entra. Pode entrar. Ele entrou, afastando um pouco o ombro para não roçar em mim. Fechei a porta, mas, por um momento, não me virei. Estava envergonhada. Não estava pronta. Estava ali, com um vestido comum, o cabelo todo desgrenhado, as pernas sem meias e as sandálias parecendo os destroços do tapete felpudo de alguém. Eu tinha 45 anos e sabia que estava com um aspecto horrível, mas não dava para perder tempo com as aparências. Pelo menos, agora não. Respirei fundo e me virei para encará-lo. Eu quase falei Sinta-se em casa, mas me contive. Pelo menos isso eu evitei. Mas sente-se, por favor. Sente-se.

Ouço um tambor tocar na margem mais distante do rio. Uma brisa passa por ele e o agarra. O vento leva o eco daquele rufar, carregando-o bem acima dos telhados, por cima da água, sobre a terra, sobre as copas das árvores, antes de a batida mergulhar nas profundezas. Eu espero. E ouço enquanto o coro de muitas vozes da memória comum começa a se levantar, e insisto em retribuir as saudações daqueles que levantam suas canecas de cerveja nos pubs de Londres. Recebo as saudações daqueles que se submetem (como dizem os franceses) às neuróticas ansiedades inter-raciais nos bulevares de Paris. ("Nenhum país de primeira classe pode se dar ao luxo de produzir uma raça de vira-latas.") Mas minha Joyce e meus outros filhos, com suas vozes feridas mas determinadas, eles vão superar os sofrimentos da margem mais distante do rio. Só se entrarem em pânico vão quebrar os pulsos e os tornozelos nos ferros do capitão Hamilton. *Coloquei 2 deles em ferros e apertei delicadamente as algemas de polegares, para fazê-los contar quem eram os líderes. De tarde, deixei mais 5 com ferros no pescoço. Todos sobreviventes.* No Brooklyn, uma mãe viciada e desolada espera as lágrimas secarem em seus olhos. Suspenderam a pensão dela. Agora, ela vive sem os confortos da religião, do dinheiro ou da eletricidade. Um menino descalço em São Paulo está preso à sua terra, que ele sabe que nunca vai engravidar e prosperar, para um dia lhe proporcionar uma visão privilegiada e ele poder enxergar além de sua favela decadente. Em Santo Domingo, uma criança sofre fazendo chapinha, com as meias-luas escuras de sua história marcadas bem embaixo de seus olhos. Uma mãe observa tudo. A filha de 11 anos está se preparando para mais uma noite de prostituição infantil. Sobreviventes. Nas almas que passaram pela diáspora, um sonho de ferro.

Agradeço a Deus por ter tido a sorte de nascer num país cristão, entre pais e amigos cristãos, e por o senhor haver tido a bondade de pegar a mim, uma criança tola, das mãos de meus pais e me criar em sua própria residência, mais como um filho do que como servo. A verdade e a honestidade são um capital importante, e o senhor incutiu esses valores em mim desde a mais tenra idade, pelo que serei eternamente grato ao senhor e ao meu Criador. Aguentando cidades que sussurram falsidades, por lábios de madeira muito bem talhados. *Um sonho começou a se formar em sua cabeça. Martha sonhou ter seguido viagem até a Califórnia, sozinha, levando sua trouxa de roupas. Chegando lá, era recebida por Eliza Mae, agora uma negra alta, forte e de certo prestígio social. Juntas, elas andavam na ponta dos pés pelas ruas enlameadas que iam dar na casa de Eliza Mae, que ficava numa bela e ampla avenida.* Por 250 anos fiquei ouvindo. Às vozes nas ruas de Charleston. (O escravo que preparou esse bloco agora morre por causa de um prego enferrujado, num projeto de casas populares em Oakland.) Eu ouvi. Ao som do reggae, da rebelião e da revolução que mergulham nos morros e vales do Caribe. Eu ouvi. Aquele saxofonista que tocava na noite de inverno de Estocolmo, tão longe de casa. Por 250 anos, eu ouvi. Meu Nash. Minha Martha. Meu Travis. *Joyce. Foi tudo o que ele disse. Só isso: Joyce. Agora dava para ver o buraco do dente que faltava. Na arcada inferior. Então ele esticou os braços e me puxou para ele. Eu mal podia acreditar. Ele tinha voltado para mim. Ele realmente me queria. Naquele dia, chorando na plataforma, eu estava segura nos braços de Travis.* Por 250 anos eu ouvi. As vozes que me assombravam. Cantando: "Mercy, Mercy Me (The Ecology)". Insistindo: Cara, eu não tenho bronca nenhuma com o pessoal do Vietnã. Declarando: Irmãos e amigos. Eu sou Toussaint L'Ouverture, talvez vocês me conheçam de nome. Ouvindo: Papa Doc. Baby Doc. Escutando vozes que clamavam por: Liberdade, Democracia. Cantando: Baby, baby, *where did our love go?* Samba. Calypso. Jazz. Pedaços da Espanha no Harlem. Numa livraria de Paris, uma voz sussurra as palavras: *Ninguém Conhece o Meu Nome.* Ouvi a voz que gritava: Eu tenho um sonho que, um dia, nas colinas vermelhas da Geórgia, os filhos de descendentes de escravos e os filhos de descendentes de donos de escravos poderão se sentar juntos à mesa da fraternidade. Ouvi o som de um carnaval africano em Trinidad. No Rio. Em Nova Orleans. Na margem mais distante do rio, um tambor continua a rufar. Um coral de muitas vozes continua a crescer em volume. E eu espero ouvir, em meio às vozes desses sobreviventes, as dos meus filhos. Meu Nash. Minha Martha. Meu Travis. Minha filha. Joyce. De todos. Feridas, mas determinadas. Só se entrarem em pânico vão quebrar os pulsos e os tornozelos nos ferros do capitão Hamilton. Um pai com sentimento de culpa. Sempre ouvindo. Não existem caminhos definidos a se trilar na água. Não existem placas. Não há retorno. Uma tolice por desespero. A colheita foi ruim. Vendi meus filhos. *Comprei 2 meninos-homens fortes e uma garota orgulhosa.* Mas eles chegaram à margem mais distante do rio. E foram amados.

Este livro foi composto na tipologia Goudy Oldstyle Std,
em corpo 11,5/15,8, e impresso em papel off-white 80g/m²,
no Sistema Cameron da Divisão Gráfica
da Distribuidora Record.